二見文庫

艶暦 ——つやごよみ——

霧原一輝

目次

卯月

小樽の車夫

1

うららかな春の午後、私、小澤奈都子《おざわなつこ》は小樽運河沿いに走る遊歩道を、浅草橋に向かって歩いていた。

観光客が散歩をする傍らでは、運河を描いた絵画を売る行商人が椅子に座って、集まってくる鳩たちに餌をやっている。

対岸には、煉瓦《れんが》色や灰色の石造りの古色蒼然とした倉庫が運河と接するように建ち並び、青緑色の水面に倉庫街を映した小樽運河がやや湾曲して、パステル色の春景色のなかで静かに横たわっていた。

と、何かに驚いたのか、集まっていた鳩たちが一斉に飛び立って、運河の上を飛び去っていく。

私は立ち止まり、ケータイを取り出して、メールをチェックした。道雄からの連絡は入っていない。

やはり、夫は来なかった――。

道雄《みちお》は一年前から、十歳年下の部下のＯＬ、葛西美佳《かさいみか》と不倫をしている。三カ月前にその事実を知って、離婚を切り出した。だが、道雄は『お前と別れたくないんだ。女と切れるから、待ってくれ』と泣きついてきた。

私が二十八歳、道雄が三十二歳で結婚し、四年が経っていた。子宝に恵まれず、また、長年連れ添ってきたことによる油断のようなものが、私にもあったのかもしれない。ベッドで自分から道雄を誘うこともなかった。

私にも落ち度があった――そう思って、夫を許そうとした。だが、いつまで経っても、夫の口から、女と別れたという言葉を聞くことはなかった。それどころか、相手の女が想像以上の難物で、居直って、道雄に離婚をせまっているらしいのだ。夫は何か弱みを握られているのか、それとも、彼女の肉体に魅了されてしまっているのか、別れ話は遅々として進まない。

期限を区切ることが必要だった。この土日に、小樽への旅行を提唱した。小樽は二人にとっての思い出の地であり、ガス灯がともる色とりどりのネオンを映した夜の小樽運河を見ながら、私は道雄にプロポーズされたのだった。

思い出の地に二人で来ることで、当時の燃えるような愛を取り戻したかった。

そして、私は道雄に条件をつけた。

女と完全に別れたその状態で来てほしい。それができないのなら、来なくていいし、私も離婚の気持ちをかためます——。

前夜、道雄は帰宅しなかった。女と決着をつけるためだと電話では言っていた。期待したものの、それ以降、連絡がぴたりとやんだ。こちらから電話をしても出ないし、メールを送っても返ってこない。

今朝、私は羽田からひとりで飛行機に乗って新千歳空港に着き、そこからライナーで小樽駅までやってきた。

夫と泊まった旅館にチェックインし、連絡を待ったものの、いっこうに電話もメールもなく、予約しておいた人力車の時間がせまってきて、外に出た。

やはり、道雄の気持ちは私にはないのだ。葛西美佳という二十六歳の女に身も心も奪われてしまっているのだ。

点火前のガス灯を眺めながら、観光案内所のある浅草橋まで足を延ばすと、何台かの人力車が黒い車体と赤いシート、シルバーのリムを春の陽光に光らせて、石畳の上に停まっていた。

さがすまでもなく、お目当ての車夫はすぐに見つかった。若い車夫が多いなかで、ひとり、飛び抜けて歳がいった車夫は人目を惹いた。

「……小澤さまでいらっしゃいますね。お待ちしておりました」

日焼けした小柄な車夫が、目尻に皺を寄せて屈託のない笑顔で声をかけてきた。

沢渡茂美《さわたりしげみ》──五年前に、私と道雄を乗せた車夫だ。人力車屋のホームページで彼がまだ車夫をつづけていることを知り、五年前の思い出を復活させようとインターネットで予約を入れておいたのだ。

「……あの、お連れさまは？」

「ゴメンなさい。どうしても抜けられない用事ができて、来られなくなりました。お代は二人分お支払いしますから」

「いえ、それならお一人分でけっこうですよ。運河をぐるっとまわって、旧ウォール街というコースでよろしいですね。あのときと同じはずですが」

「よく覚えていらっしゃいますね」

「それは覚えていますよ。あとで、大変美味しい夕食までご馳走になって……」

あのとき、もともと人懐っこい道雄が沢渡のことをいたく気に入って、仕事を終えた彼を旅館に招待し、三人で夕食を摂りながら歓談したのだ。

踏み台を使って、貴賓席のような人力車の赤いシートに座ると、朱色の膝掛けが渡された。

「日焼けしないほうがよろしいでしょう」

沢渡は気をつかって黒い幌を伸ばし、日光を遮ってくれる。横木をつかんで腰の下まで押しさげ、バランスを取りながら、ゆっくりと曳きはじめる。

私を乗せた人力車は浅草橋を離れて、倉庫街の道を運河に沿って走る。前回も思ったことだが、オープンカーに乗っているような開放感とともに、自分が随分と高い位置にいることで優越感のようなものを感じる。

前を見ると、地下足袋を履き、店のエンブレムを背につけた法被を着た沢渡が、足元もかろやかに私を運んでいる。

その自然な揺れが気持ちいい。お姫様になった気分だ。弾む気持ちを押し止めておけなくなって、話しかけていた。

「沢渡さんがまだつづけていらして、すごくうれしかった」

「もう、四十八ですから。今シーズンで車夫の仕事は辞めるつもりです」

「えっ、お辞めになるんですか？」

「この仕事は若くないと身がもちません。私以外はみんな、二十代ですから」

この小柄な体で、若者と同じ仕事をこなすのは大変だったに違いない。

「残念です。でも、こうやってお辞めになる前に乗れたんだから、運がいいですね」

話しているうちに、右側の視界が開けた。小樽港だ。海の匂いが強くなった。海鳥が飛び交い、沖合には何隻もの大型船が停船している。

息を弾ませて小樽港の歴史を教えてくれていた沢渡が、言った。

「お連れさまがいらっしゃらなくて残念でしたね」

「いいんです、もう……」

記憶が五年前に飛んだ。

あのとき、二人は今と同じように、沢渡の曳く人力車に乗っていた。そして、沢渡が運河の成り立ちを話してくれている最中に、道雄は膝掛けに隠れたスカートのなかをまさぐってきた。

当時、私たちは熱愛の真っ最中であり、私は後ろめたさを感じつつも、足をひろげて彼の指を受け入れた。ショーツ越しに狭間を愛撫されるうちに、沢渡の言葉が耳を素通りするようになった。

熱い疼きが下腹部でふくらみ、道雄に導かれるまま、ズボンに手を伸ばした。

道雄のシンボルはびっくりするほどに硬くなり、それは私も同じで、ショーツの下は恥ずかしいほどに濡れていた。

車夫は後ろを振り返ることはないから、声さえ出さなければわからない——。そう頑なに信じて、二人は建ち並ぶ灰色の罐詰倉庫やツタのからまるレンガ色の倉庫、運河に浮かぶ無数の釣り舟を眺めるふりをして、お互いの性器をまさぐりあっていた。

今考えると恥ずかしくて居たたまれなくなる。だがそれゆえに、あの体験は私の記憶に深く刻まれていた。

沢渡は、北運河の端で人力車を停めると、私のコンパクトカメラで、ひとりで乗っている私の姿を写した。あのときも同じだった。二人が人力車に乗って仲良くピースサインを出している写真は、その後、しばらく私の部屋の写真額に飾ってあった。

あのとき、カモメとウミネコの違いも聞いたのだった。うろ覚えだが、確か、嘴と足の色が微妙に違うと言っていたような。

でも今は、一緒にいた男は私の隣にいないのだ。

（ああ、いやだ！）

こんなつらい体験をするのなら、不倫が発覚したときに、毅然として離婚を決めるべきだった。道雄の言葉を信じたばかりに、心の傷はどんどんひろがっていく。

私が浮かない顔をしていることに気づいたのだろう。沢渡は少し無口になって、運河を離れ、旧ウォール街へと人力車を走らせる。

予定の三十分を少し過ぎ、人力車が私の宿泊している旅館の前に停められた。

料金を払ったところで、ふと思いついて、誘っていた。

「沢渡さんは今夜、ご予定がおありですか？」

「いえ、六時半に仕事を終えて、あとは家に帰るだけですが」

「でしたら……宿の夕食、二人分頼んであるんです。もしよろしければ、ご招待させていただけないでしょうか？」

「失礼ですが、その方はほんとうに来られないんでしょうか？」

「はい。いまさらキャンセルできませんし、是非」

「ほんとうによろしいんですか？」

「ええ」

「……何時にうかがえばよろしいでしょう？」

「七時に、宿の食事処でお待ちしております。五年前と同じところです」

私はしばらく、人力車を曳く沢渡の後ろ姿を見送って、旅館に戻った。

2

午後八時、私は小樽運河を眺望できる旅館の食事処で、海の幸をふんだんに使った、凝った会席料理を堪能していた。

向かいの席では、ポロシャツにスラックスという普段着の沢渡が美味しそうに料理を頬張っている。だいぶ日本酒が入って、口がかるくなったのか、五年前には話してくれなかったことがぽんぽん出てくる。

沢渡が独身であることは、聞いていた。じつは、それには訳があるのだと言う。

「『無法松の一生』という車夫を描いた映画をご存じですか？」

「昔、テレビでやっていたのを見たことがあります。確か、同じタイトルの演歌がありましたね」

「そうです。あの村田英雄大先生がお歌いになった名曲です。映画では、松五郎は自分の仕える未亡人の奥様に道ならぬ恋をいたしましてね。恋心を抑えて、太鼓を乱れ打ちするシーンには感動しました。と言うのは、じつは私にも惚れた女性がいましてね……」

沢渡には、惚れ抜いた町村佐織《まちむらさおり》という三歳年上の女性がいた。だが、自分の気持ちを打ち明けられないでいるうちに、佐織は結婚して、子供を産んだ。

それでも、彼女を思う気持ちは変わらなかった。好きな女ができても、彼女以上に深く愛することはできず、したがって結婚する気にもならなかった。そうこうしているうちに歳をとり、独身のまま今に至ったのだと言う。

「奥様になられても、時々、私の力車を利用してくださって。今の力車は観光用ですし、あの方は札幌にお住まいになっておられたので、わざわざ力車に乗る必要なんかなかったんですがね……私の気持ちを少しはお感じになってくださっていたんでしょう。おひとりのときもあったし、お嬢ちゃんと一緒のときもありました。あの方に似て、かわいらしいお嬢ちゃんでしてね。お二人を乗せて小樽の街を走りながら、胸のなかでは村田先生の『無法松の一生』を口ずさんでいましたよ……」

「その方が羨ましいです。あの、それで、佐織さんを今も？」

沢渡はふさぎ込んでいたが、やがて、ぽつりと言った。

「もう、お亡くなりになられました」

「えっ……？」

「半年前に癌で逝かれましたよ。葬儀に列席させていただいて、あの方がもうこの世にはいないんだと実感したとき、私も力車を曳く気力が失せました」

この時代にも、女を一途に愛する男がいるのだ。これを時代錯誤だと切り捨てる人もいるだろう。でも私はうれしかった。

夫の道雄が道雄なだけに、私は沢渡の生き方にいっそう強い感銘を受けた。

「……港の荷役の口がありましてね。まだまだ元気ですから、船の積み荷の上げ下ろしくらい、へっちゃらです。私のような高校出は体で稼ぐしかありませんよ」

そう言って、沢渡が袖をまくりあげた。

あらわれた太い前腕は褐色に焼けていて、その筋肉質の腕に目が釘付けになった。

そして、私はこのとき、こう思ったのだ。

この腕に抱かれたい――と。

料理は最後のデザートに移り、沢渡は出されたフルーツをぺろりと平らげた。

十六歳も年上の男性を、かわいいと感じてしまうのは私の傲慢だろうか？

「よろしければ、部屋でもう少し飲みませんか？」

私はそう誘っていた。沢渡が呑兵衛であることは充分にわかっていた。

「……よろしいんでしょうか？」

「もちろん」

勘定書をつかんで席を立つと、沢渡もゆっくりと腰を浮かせた。


和室には一組の布団が敷いてあり、その横の座卓で二人は、冷やした日本酒を差しつ差されつで飲んでいた。

酔いが背中を押したのだろう、日焼けした顔をアルコールで赤く染めて、沢渡が訊いてきた。

「今日、いらっしゃるはずだった方は、どのような方なんでしょうか？」

「不倫旅行じゃありませんよ。うちの主人です。以前に人力車に一緒に乗せてもらったあの人……」

「ほお。では、ご結婚なされたんですね。それはよかった」

「でも、ないんですよ。じつはうちの人、浮気をしていて……」

言うと、沢渡の顔色が変わった。

夫婦の内幕を知らされても、困るだけだろう。しかし、私はこの苛立ちを自分の胸にだけしまっておくことができなくなっていた。

　事情を打ち明けると、沢渡の顔に困惑の色がありありと浮かんだ。

「以前、ご一緒したときにはそんな方には見えなかったですがね」

「女に脇が甘いんですよ。それに、気が弱いから……でも、来ないってことは、向こうの女を選んだってことでしょ？　私、離婚します。絶対に別れます」

　意気込んだとき、腕が触れてコップが倒れ、酒がテーブルに一気にひろがった。

　畳にこぼれそうな水溜まりを、沢渡がすっ飛んできて、布巾で受け止め、丁寧に拭いてくれた。布巾を片づけて、沢渡は心配そうに顔を覗き込んできた。

「大丈夫ですか？」

「大丈夫じゃない。沢渡さん、助けて」

　私は、横にいる沢渡にしがみついて、その分厚い胸に顔を埋めていた。

「私、沢渡さんのような男がよかった。あなたみたいな男に一途に愛されたかった。うっ……うっ……」

　嗚咽《おえつ》がこぼれて、止まらなくなった。

　沢渡は無言で、髪を撫でてくれる。小柄なわりには手は大きい。無骨だが、端々に感じられるやさしさに、身も心も包み込まれていくようだ。

お日様の匂いがした。小さい頃、庭で日向ぼっこをしていたときに感じたお日様の暖かさ——。

沢渡が申し訳なさそうに言った。

「こういうときどうしたらいいのか、わからなくて……」

私は日に焼けた沢渡の顔を両手で挟み付けると、顔を傾けながら鼻があたらないようにして、唇を重ねていった。

沢渡は棒のように固まっていて、動かない。

かさかさした分厚い唇を吸いながら、短くて硬い頭髪をかき抱いた。

そのまま体重を預けていき、布団に倒れた沢渡にしがみつきながら言った。

「私は佐織さんではありません。でも、今、あなたが必要です。助けてください」

沢渡のごつい手を、V字に切れ込んだニットの襟元から、その内側へと導いた。

ハッとしたように引いていく手をふたたびニットの裏側へと引き戻す。

ブラジャーの内側にいざなうと、大きな手がおずおずとふくらみを揉みはじめた。

ざらざらした指が乳首に触れると、峻烈な電流が走り、

「あっ……！」

思わず声があふれでた。

もう半年以上、道雄に指一本触れてもらえずにいた。その可哀相な身体が男を求めて、乳首を尖らせていた。

と、沢渡が身体を入れ換えて、私を仰向けに寝かせ、上になった。

いつも人力車の横木を握っている太い指が、ニット越しに胸のふくらみを荒々しく揉みしだいてくる。

「ぁあああぁぁ……」

切ないほどの昂りが乳房から下半身へとおりていき、私はあさましく腰をせりあげていた。

次の瞬間、下腹部に大きな手を感じた。スカートの上から、欲しかったところをぐいと押されて、

「ぁああ、それ……」

私は臆面もなく、恥丘を沢渡の手に擦りつけていた。

私の浮きあがった尻の奥へと潜り込んできた無骨な手が、そこから恥丘へとなぞりあげてくる。

「ぁはあぁぁ……」

ジンとした蕩けるような熱さがひろがり、それがもっと欲しくて、手の動きに合わせるように腰を上下に振っていた。

と、ニットがたくしあげられ、ブラジャーが力任せに押しあげられた。

私の乳房は三十路を過ぎて、充実度を増していた。鏡で見ても、蒼い静脈が透け出た仄白いふくらみは張ち切れんばかりで、中心よりやや上についた乳首もいまだピンクの色を残し、わずかな刺激でしこってくる。

沢渡は右手で、太腿の奥を荒々しくさすりながら、胸のふくらみに顔を埋めた。しこりきっている乳首を口に含み、貪るように吸った。吐き出して、舌先を器用に動かし、上下左右に撥ねてくる。

その動きは繊細さに満ちていた。

やはり、結婚まで行かずとも、それなりに女体に接してきたのだろう。それが当然だ。惚れた女に操を立てて、他の女を抱かないなど不自然だし、不健康だ。

つまみだされた突起の頂上を丹念に舐められ、指でくにくにと乳暈をこねられる。

湧きあがった掻痒《そうよう》感が皮膚をひろがり、身体の深いところから切実な欲求がせ

りあがりつづけ、

「ぁああ、ぁあぁぁ……沢渡さん、恥ずかしい。ねえ、ねえ……」

私は自ら腰を上下に振って、沢渡の手に股間を擦りつけていた。

3

私は生まれたままの姿で布団に入った。傍らで、沢渡が服を脱いでいる。枕灯のぼんやりした明かりのなかでも、赤銅色に焼けた全身がしなやかな獣のような筋肉に覆われているのがわかる。

沢渡はちょっと迷ってから、背中を向けて白いブリーフをおろした。屈んだとき、そこだけが白い尻がこちらに向けられた。

尻は意外に小さくまとまっているが、後ろから見る太腿は大腿二頭筋が発達していて、競輪選手のように太かった。

沢渡が股間を隠して、こちらを向き、布団に入ってくる。

そのわずかな間に見えた、片手では隠しきれない屹立の尋常でない角度が、私の鼓動を速めた。

「もう一度お聞きしますが、ほんとうによろしいんですね？」

しいんです」
「はい。なかなかそうは思えないでしょうが、私を佐織さんだと思って愛してほ

「そうですか……」

沢渡が覆いかぶさってくる。力強く抱きしめられる。その体はしなやかで柔軟だった。肌もなめし革のようにきめ細かくなめらかで、ゴツゴツしたところはひとつもない。

顎から首すじにかけてキスをされる。そのまま男の唇が乳房の丘陵へとおりていく。

二つのふくらみをすくいあげるように揉まれ、乳首を丹念に舐め転がされると、

「ぁああ、いい……沢渡さん、沢渡さん……」

私は彼の名前を呼んで、逞しい体にしがみついていた。

沢渡は乳房を離れ、下へとずれていきながら、脇腹を撫でさすり、お臍にちゅっ、ちゅっとキスをしてくれた。

次の瞬間、両膝がぐいと持ちあげられ、開かされていた。腹につかんばかりに両膝を押さえつけられて、その惨めな自分の姿が私を打ちのめした。

結婚してから道雄以外に見せたことのない女の恥部を、旅先の宿で車夫にさら

けだしているのだ。

「ああ、許して……」

男の視線が、しとどに潤っている私の中心に突き刺さってくる。

内臓が軋むような羞恥に駆られ、足が閉じられない代わりに、顔を思い切りそむけていた。

と、沢渡は女の秘部ではなく、足を舐めてきた。

「えっ……？」

その意外さにとまどった。

沢渡は片方の足をつかんで、ふくら脛にキスを浴びせ、そのまま踵から足の裏へと舌を走らせている。くすぐったさを感じながらも、訴えていた。

「ああ、沢渡さん、いやよ。そんなところ、ダメっ」

「私の気持ちです。あなたはこうするに値する人だ」

「ああ、でも……」

「あなたは美しい。美しい人を見ると、こうしたくなる」

そう言って、沢渡はまた足裏に顔を寄せた。土踏まずを舐められるくすぐったさに思わず足をたわめると、内側に曲がった親指が温かい口腔に包まれていた。

「ぁああ、ダメ」

逃れたくて、ますます親指を折り曲げた。

だが、沢渡は何かに憑かれているかのように、親指を吸い、舐め、指の間にも舌を差し込んで、舌先を躍らせる。

道雄はこんなことなどしてくれなかった。

愛されていると感じたそのとき、こそばゆさがふいに蕩けるような快感に変わった。

「ぁああ、ぁああ……くうぅぅ」

足指で感じることが恥ずかしくて、私は人差し指を噛んで、喘ぎをこらえた。

沢渡は足指を一本一本丁寧に舐めしゃぶり、それから、足の甲から向こう脛、太腿へと舌でなぞりあげてくる。

沢渡の股間が下腹を打たんばかりにいきりたっているのを見たとき、私は思わずせがんでいた。

「ああ、あそこに舌をちょうだい」

沢渡は左右の膝の裏をつかんで、ぐいと引きあげながら押さえつけてくる。尻が持ちあがり、ほぼ真上を向く女の亀裂を、スーッ、スーッと舌がすべった。

「はうぅぅ……！」

欲しいところに欲しいものをもらい、全身が歓喜で躍りあがった。

なめらかさとざらつき具合がちょうどいい舌が、敏感になっている狭間を往復する。

時には荒っぽいほどに強く、時には信じられないほど繊細に舌が狭間を這うと、身体の芯から、男を求める渇望がせりあがってきた。

それは同時に、今、いきりたっている肉の塔を口でかわいがりたいという欲求をともなっていた。

「沢渡さん、あなたのを口でしたいの」

「いえ、そんなことはなさらなくても……」

「さっき、足をかわいがってもらったお礼です。立ってください」

沢渡が立ちあがったのを見て、私もその前にひざまずいた。

四十八歳の車夫の男根は、支える必要がないほど鋭角にそそりたち、見事なまでに茜色にてかつく亀頭部が矢印形に張りつめていた。

溜息とも吐息ともつかない感嘆の喘ぎが洩れてしまう。身体の中心がジンと痺れ、はしたないと感じつつも、私は貪りついていた。

唇をひろげて一気に根元まで頬張ると、ごわごわした陰毛に唇が触れた。

さっき見た亀頭部が喉の寸前まで届き、もっと深く欲しくて、両手で腰を抱き寄せた。

「ぐふっ……」

噎せてしまい、私は角度を変えて、強張りを頬の内側に擦りつける。丸いものが粘膜を圧迫する快感のなかで、ゆっくりと顔を打ち振った。

沢渡には、私の頬が飴玉を含んだようにふくらみ、それが移動する姿が見えているだろう。

私は自分の惨めな姿を見られることで、ひそかな高揚感を覚えていた。

左右の頬に擦りつけ、次は真っ直ぐに肉の杭を頬張った。

「あっ……おうぅぅぅ」

沢渡の気持ち良さそうな呻きが聞こえて、咥えたまま見あげた。

沢渡は刈りあげられた短髪の、日焼けした顔をのけぞらせ、太い眉毛を折り曲げて、もたらされる悦びにひたっている。

(私の愛撫で、この人はこんなにも感じてくれている)

私は、道雄が相手の女を選んだことで失いかけていた女としての自信を、少しだけ取り戻しつつあった。

節くれ立った男根に唇をぴっちりと密着させ、その凹凸に合わせて唇をすべらせる。気持ちを込めて大きくしごきたてると、胸が詰まるような至福感が込みあげてきた。

（私には、これが必要だ。心の底から愛することのできる男が欲しい）

根元を握ってしごきながら、亀頭冠の出っ張りと窪みを中心に唇で素早く擦りたてた。

「ううぅ、出そうだ」

沢渡が腰を引いて、唾液まみれの肉棹を抜き取った。

私は咥え足りなくて、屹立を握りしめて強くしごきながら、沢渡を見あげた。と、昂奮で血走った眼を向けて、沢渡がのしかかってきた。すごい力だった。

その逼迫した凶暴とも言える態度が、私をかきたてた。

膝がすくいあげられ、いきりたったものが押し入ってきた。

「はうぅぅ……！」

顎がひとりでに突きあがった。

求めていたものを与えられて、私はそれだけで気が遠くなった。

深々と入ってきた愛しいものを、子宮へとつづく道が歓迎するかのようにざわめき、手繰り寄せようとうごめいているのがわかる。

沢渡が覆いかぶさってきた。

乳房を鷲づかみにして、ぐいぐいと揉みしだきながら、腰を叩きつけてくる。

「あっ……あっ……あっ……」

両腕を赤ちゃんがするように顔の横で曲げて、私はうねりあがる波に身を任せた。

乳首がつままれ、くりっくりっと左右にねじられる。追い討ちをかけるように屹立を叩きつけられると、両方の快感が入り混じって、螺旋状に上昇していく。

「ぁああ、ぁあぁ……いい。いいのよ」

はしたない声が止められなかった。

足を腰にからみつかせ、もっと深くにとばかりに、沢渡の尻を引き寄せていた。

と、乳房を離れた沢渡の手が、私の膝をつかんでひろげていく。

両膝を開いて押さえつけ、上体を立てると、力強く打ち込んでくる。

「あん、あぁんっ、あんっ……」

自分ではないような激しい喘ぎが喉を衝いてあふれでた。

ここが旅館の一室であるという意識はある。だが、理性では止められないものが世の中にはあるのだ。

「あんっ、あんっ、あんっ……」

そう喘ぐことが、幸せだった。

沢渡の手に力がこもり、私の尻が浮いた。

膣の上側の感じるスポットを切っ先で擦られ、抜き差しされると、甘い疼きが急激にふくらみ、その衝撃が四肢まで響きわたる。

「ぁああ、イキそう。イカせて、お願い」

思わず哀願していた。

すると、沢渡は足を肩にかついで、のしかかってきた。

「はうぅぅ……」

腰から身体を二つ折りにされ、切っ先がいっそう深いところに届いて、私はその苦しさに呻いていた。

それでも、沢渡が上で動きはじめると、そのつらささえも愛しいものに変わった。

逞しく精悍な男に組み伏せられ、にっちもさっちも行かなくなった状態で、深々と串刺しにされることの悦び――。

沢渡が上から打ちおろしてくる。体重をかけたストロークの衝撃がそのまま膣から内臓へと伝わってきて、脳も揺れる。

もう、どうなってもいい。このまま、自分を壊してほしい。木っ端微塵にしてほしい。

「ぁあああ、沢渡さん……メチャクチャにして。あの人を私から追い出して」

思わず訴えると、沢渡の腰づかいが激しさを増した。

そのとき、冷たいものが垂れてきて目を開ける。

沢渡の太い首すじと狭い額には、血管がミミズのように浮き出ていた。そして、額には汗の雫が滲んでいて、それがぽたっ、ぽたっと落ちてくる。

私は垂れてきた雫を、とっさに口を開けて受け止めた。汗のしょっぱさが舌の上でひろがり、渇ききっていた私の心と身体を潤してくれる。

「来て。あなたを抱きしめたい」

沢渡が足を離して覆いかぶさってきた。

腕立て伏せの格好で、唸りながら、腰を打ち据えてくる。

私は足をM字に開いて、沢渡の分身を深いところに招き入れ、そして、腰に手をまわした。

沢渡が猛烈に打ち込んでくる。

車夫で鍛えられた強靭な足腰から繰り出されるストロークは、私のプライドも傷心もすべてを打ち壊すだけの激しさに満ちていた。

カチカチの屹立が子宮の横を突いてきて、その圧迫感が私を追い詰めた。

「あっ……あっ……あうぅぅぅ……来るわ。来る……あうぅぅぅ」

顎をせりあげながら、腰にまわした手に力を込めた。なめし革のような皮膚に、爪が深々と食い込み、

「つうぅ……」

沢渡は奥歯を嚙みしめて呻き、痛みをぶつけるように激しく打ち込んでくる。

体内を深々とえぐられ、奥まで貫かれている被虐感が、私をこれまで知らなかった高みへと押しあげていった。

「ぁああ……ぁああ……イク……イッちゃう!」

皮膚に爪を食い込ませて、見えてきた頂上に向かって駆けあがった。

「おおぉ、おおぉぉ」

獣のように吼えて、沢渡が腰を打ち据えてくる。私は彼の求めているだろうこ

とを、告げた。

「私を佐織と呼んで」

「いや……」

「いいの。お願い」

「……佐織、おおう、佐織、佐織、佐織！」

沢渡は、愛しい女の名前を連呼しながら、思いをぶつけるように叩き込んできた。

すさまじい勢いで奥にぶつけられて、歓喜の高波が防波堤を越えた。

「イク、イキます……沢渡さん、イキます……やぁあぁぁぁぁぁ、はうっ！」

ふくれあがった風船が爆ぜるように、体内で何かが決壊して、私は舞いあがりながら落ちていく。

この瞬間、何もかもが解き放たれて、私はつらい現実から自由になる。

「おおぅぅ……うっ！」

沢渡が射精したのだろう、唸りながら腰を痙攣させている。

ばったりと体を預けてくる沢渡を、私は絶頂の残滓を引きずりながら、慈しむように抱きしめた。

4

翌朝、私は朝食を摂り、温泉につかってから、旅館を発つ準備をしていた。沢渡の感触がまだ身体の奥に残っていて、また彼に会いたくなる。だが、沢渡の心を占めているのは、亡くなった佐織さんで、私ではない。佐織さんがこの世にいないからこそ、彼の気持ちは美しいまま永久保存されて、決して私に向くことはないだろう。私も、沢渡に愛されたくて身体を許したわけではない。そんなことはわかっている——。

とにかく、東京に戻って、道雄との離婚の手続きを進めよう。そして、新しく一歩を踏み出そう——。

着替えようと浴衣の帯に手をかけたとき、部屋のドアがノックされた。

「はい……」

旅館の従業員だろうか。ドアを内側から開けると、背広姿のひょろっとした男がこちらを見ていた。夫の道雄だった。

「今頃、どうしたのよ」

「別れてきた」

そう言って、道雄は部屋に入り、呆然とする私を両腕で引き寄せる。

「ちょっと……ほんとうに別れたの？」

もがきながら、問い質した。

「ああ、今度はほんとうだ。最後は手切れ金を払って解決した。俺とのメールも全部消してもらった。もう、あいつが俺たちの邪魔をすることはない」

「だったら、どうして連絡をくれなかったの？」

「そんな状況じゃなかったんだ。朝方、ようやく話がついて、その足で飛行機に乗って飛んで来たんだ。奈都子に何度も電話したんだけど通じなくて、メールもしたんだぞ」

私は眠るときは、ケータイをサイレントマナーモードにしている。そして今朝は、昨夜のことで気持ちがそぞろになり、また、道雄に完全に見切りをつけたこともあって、ケータイをまだ見ていなかった。

「待って」

私は道雄から離れて、ケータイを開いた。受信ボックスには、道雄からの電話の履歴と、メールが何通も入っていた。

「なっ、ウソじゃないだろ？　今回の件は心から謝るよ。悪かった、ゴメン。だから……また、やり直そう」

道雄が私の肩に手を置いた。

そんなこといまさら言われても、困る。私は道雄を取られたと判断し、離婚するつもりで、沢渡に抱かれてしまったのだから。

「どうした？」

「もう、遅いよ」

「どうして？　少し遅れただけじゃないか。俺は別れてきたんだぞ」

道雄が苛立っているのがわかった。

「どうしてもよ……」

とても、昨夜、他の男と情を交わしたことなど言えなかった。

「俺のことが、嫌いになったのか？」

「……とにかく、もう遅いの」

「遅くないさ」

道雄は、まだ敷かれている布団に私を押し倒し、覆いかぶさってきた。

「やめて。道雄なんか、嫌いよ！　私をさんざん待たせて」

「ゴメン。心から謝るよ。だけど、俺は奈都子が好きなんだ。心底惚れてる」

「ウソ!」

「ウソじゃない」

道雄は私の浴衣の帯を解いて、浴衣を抜き取り、私の腕をつかんで、万歳の形で上から押さえつけてきた。

「ちょっと、乱暴はやめて」

「こうでもしないと、奈都子は俺を受け入れないだろ」

道雄のキスが顎から首すじへと、さらに乳房へとおりていった。

「ああ、やめて……いやだったら……」

昨夜、沢渡に愛された身体を、今また道雄に抱かれることへの抵抗感があった。

だが、両腕を押さえつけられていて、腋の下をさらしたまま、動くことができない。

そして、道雄の唇が乳首を包み込んできたとき、

「あっ……!」

迸る快美感に、私は大きく顔をのけぞらせていた。

「乳首が勃ってるぞ。奈都子だって、俺を求めていたんだろう?」

「ああ、違うって言ったでしょ」

「拗ねるなよ。素直になれよ」

相変わらず、女心のわからない独りよがりな男だ。

だが、自分でもしこっているとわかる乳首を頬張られ、乳暈ごと吸われると、芳烈な歓喜が迸って、身体の芯が蕩けていく。

「奈都子が好きなんだ。わかってくれ」

道雄が両手を離し、左右の乳房を荒々しく揉みしだいてきた。

「そのままだぞ」

道雄が立ちあがって、急いで服を脱ぐ。

ブリーフがおろされると、バネ仕掛けのように肉茎が飛び出してきた。

「飛行機のなかでも、これが勃って困ったよ。俺は、奈都子が好きなんだなって、思った」

道雄が覆いかぶさってきた。

沢渡の体と較べると貧弱で、肌も生っちろい。知識労働者なのだから仕方がないのかもしれない。しかし、股間の屹立だけは沢渡に負けず、勇ましくそそりたっている。

道雄がおずおずと言った。

「奈都子、いや、ナッちゃん。こんなときに申し訳ないけど、これを、その……口で」

「そう思ったなら、力ずくでさせればいいじゃない」

「いいんだな？」

「許可を得ることじゃないでしょ」

「そうか……」

道雄は私を座らせると、自分は仁王立ちして、強引にしゃぶらせた。

「なんか、すごく気持ちいいよ」

道雄が言った。私は肉棹を吐き出して、憎まれ口を叩いていた。

「そう？　どうせ、昨日、これが最後だからとか言って、彼女にもさせたんでしょ？」

「してないよ。するわけないじゃないか……かわいいな、奈都子。嫉妬してるんだ」

「馬鹿言わないで」

「悪かったよ。もう、浮気はしない。誓うよ。だから、つづけてほしい」

遅すぎたとは言え、道雄は頑張って女と別れてきたのだ。相手の強い意志に流されやすい道雄にとって、それは蛮勇をふるう行為だっただろう。そのご褒美をあげなくてはいけない。

私は股ぐらに顔を埋めて、皺袋に舌を這わせ、それから、片方を頬張った。吐き出して、もう一方の睾丸も口に含んだ。

道雄相手には初めてする行為だった。

睾丸を呑み込んだまま見あげると、道雄はうっとりと瞳を潤ませて、私を慈しむように見ていた。

自分にはこういう姿勢が欠けていた。道雄が悦ぶことをもっとすべきだったのかもしれない。

裏筋を舐めあげていき、亀頭部を上から頬張った。唇をぴっちりと表面に密着させて、亀頭冠を中心にしごくと、道雄が呟いた。

「なんか、奈都子、変わったな」

私はドキッとしながらも、肉棹を吐き出して、言った。

「私だってその気になればこのくらいできるのよ。あなたが私をその気にさせてくれなかったんじゃない」

「そうか……よし、これからはずっとお前をその気にさせるよ」

道雄は私を布団に這わせると、後ろから押し入ってきた。

「はうぅぅ……！」

「すごいぞ。包み込んでくる。きゅっ、きゅっと吸い込もうとする」

道雄が力強く打ち込んできた。

長い間していなかったのに、昨夜の沢渡とのセックスで身体が目覚めたのだろうか？　それとも、しばらくぶりに夫に貫かれて、身体が新婚当時の悦びを思い出したのだろうか？

そのひと突き、ひと突きが信じられないほどに芳烈な快感を呼び起こし、朝の旅館だというのに、私ははしたなく喘いでいた。

「なんか、しばらく見ないうちに、尻が大きくなったな」

「やめてよ」

「このくらいのほうが、俺は好きだよ……ありがとうな、待っていてくれて」

やさしい言葉をかけられて、胸がジーンとしてきた。やはり、私はこのどうしようもない男を好きなのだと思った。

道雄が激しく突いてきた。尻をつかみ寄せられて、体内を後ろからえぐられると、その衝撃が内臓ばかりか頭にまで届き、私はぐらぐらと揺れながら、昇りつめていく。

「あっ、あっ……ねえ、イキそう。道雄、私、イク……」

「早いな。よし、俺も出すぞ。最愛の女房のなかに」

道雄が唸りながら叩き込んできた。

下腹部が尻にあたる身も蓋もない音が爆ぜ、激しく叩きつけてくるその衝撃で、私は何も考えられなくなる。

「ああ、来る……来るの」

「そうら、俺も出すからな」

つづけざまに打ち込まれたとき、身体を根こそぎ引っこ抜かれるような強い力に私は持っていかれ、真っ白になった頭のなかで、歓喜の花火が爆ぜた。

5

二人は荷物を旅館に預かってもらい、小樽運河沿いの道を歩いていた。同じ風景なのに、昨日とはまったく違って見えるのが不思議だった。

私は道雄の腕にすがりつくように、浅草橋に向かっていた。もしかして、沢渡がいるのではないか、と思ったからだ。

浅草橋のたもとに数台の人力車が停まっているのが見えた。近づいていくと……。

法被をいなせにはおった沢渡が二人を発見して、びっくりしたように目を見開いた。

「沢渡さん！　待ち人が来ました」

私のほうから明るく声をかけると、

「ああ、よかったですね」

沢渡は一転して人懐っこい笑みを浮かべ、私と道雄を見た。昨夜、私を抱いたことなどおくびにも出さずに、道雄に言った。

「じつは、昨日も奥様に乗っていただいたんですよ。おひとりで寂しそうでしたが……」

「あなた、五年前に来たときに、一緒に食事をした、あの方……」

「はい。車夫の沢渡でございます。あのときは大変ご馳走になりました」

「そうか、思い出した。懐かしいですね……で、昨日、奈都子はひとりで乗ったんですか？」

「ええ、おひとりで乗られました」

「じゃあ、せっかくだし、今日は二人で乗ろうか？　どうだ？」

「いいわよ。沢渡さん、大丈夫ですか？」

「もちろん、喜んで曳かせていただきます」

「よし、じゃあ、乗せてもらおう」

道雄が嬉々として言って、早速、コースと料金を見て、交渉をしている。

私はほんの少し罪悪感にとらわれたものの、道雄だって随分と長い間浮気をしていたのだから、お互いさまだと考え直した。

踏み台に乗って、私がまず最初にシートに座り、道雄があとから乗ってくる。

いつものように朱色の膝掛けを渡されて、二人は長い布を四つの膝にかぶせた。

「では、出発いたします」

沢渡が横木をつかんで、慎重に人力車を曳きはじめた。昨日のように浅草橋を渡って、運河沿いの道を走る。

沢渡には悪いけれど、横に道雄がいることが幸せだった。いや、沢渡だって事情を知っているのだから、道雄を歓迎してくれているだろう。

視界が開けて、右手に小樽港が見えてきた。そのときには、すでに膝掛けの下で、道雄の右手が私の太腿に載せられていた。

「北原《きたはら》ミレイの歌った『石狩挽歌』という歌をご存じですか？」

沢渡が後ろ姿で話しかけてくる。

「ああ、知ってます。ニシンを待ってる漁師の歌ですね」

「ええ、あそこで歌われている朝里の浜というのは、小樽港から少し東に行ったところの浜のことです」

沢渡のガイダンスを聞きながら、道雄は右手をスカートのなかにすべり込ませて、太腿をこじ開けてくる。

「昔は随分とニシンが大漁だったときもあったそうですね。ニシン御殿でしたっけ？」

「祝津岬にあるやつですね。あそこには『石狩挽歌』の記念碑が建っています」

「そうですか……」

私は二人の会話を聞きながら、足を少しずつ開いていく。と、隙間ができたパンティストッキングの奥に、道雄の指が添えられ、尺取り虫のように動き出した。

私は無言のまま、道雄をにらみつけた。だが、道雄はいさいかまわず、パンティストッキング越しに陰部をさすってくる。

中指を立てて、中心部を強弱つけて突かれると、抑えきれない掻痒感に私は下腹部を擦りつけていた。

沢渡は気づいているのかいないのか、二人の乗った人力車を軽快に走らせている。

私はこの車夫の逞しい腕に抱かれた。そして、隣にいる夫につい先ほど抱かれたばかりだった。

二人のセックスが思い出され、それに、宙に浮いているような浮遊感と、適度な揺れが加わって、私は陶酔状態になり、知らずしらずのうちに足をいっそう開いて、下腹部をせりあげていた。

道雄に導かれるままに、左手をズボンの股間に伸ばした。夫のそれもカチカチになっていた。握って、強くしごいた。

道雄も私の股間を指で巧妙にさすってくる。

私は声をあげそうになって、顔を道雄の肩に押しつけてこらえた。

人力車のタイヤがまわる音、沢渡の激しくなってくる息づかいと心地好い揺れ——。

「ニシンは春告魚とも呼ばれましてね、春にしか獲れない。そのときだけ季節労働者を雇いましてね。歌に出てくる彼らを『やん衆』と呼んでいたわけです」

沢渡の蘊蓄《うんちく》に、ああ、なるほどと心でうなずきながらも、私はますます濡れてきた亀裂を道雄の指に擦りつけ、うららかな春の陽光のなかで秘密の快楽を貪っていた。

水無月

紫陽花とかたつむり

1

しとしとと絹糸のような雨が降りつづく六月末の午後、喬司《たかし》はベッドに這いつくばった香苗《かなえ》と後ろから繋がっていた。

「あん、あん、あんっ……」

打ち込むたびに香苗は二十六歳のしなやかな肢体をのけぞらせ、乳房を振り子のように揺らして、枕を鷲づかみにしている。

なめらかな背中にはオイルをまぶしたような汗が光り、喬司を迎え入れている女の坩堝《るつぼ》はどろどろに蕩けて、ペニスにまとわりついてくる。

それもそのはずで、この三日三晩、喬司は部屋の外にも出ずに、ひたすらこの女体を貪りつづけていた。

梅雨前線が居すわって、間断なく冷たい雨が降りつづいている。

毎年、梅雨の時期に、勤めている会社を何日か休み、自宅のマンションで女を抱きつづけることが、三十六歳になった設楽《したら》喬司の恒例行事になっていた。

梅雨を嫌う人は多いだろう。だが、この降りつづく雨こそが喬司を発情させる。

尻をつかみ寄せて、つづけざまに打ち込むと、

「んっ……んっ……んっ……あっ、ダメ」

香苗が力尽きたように前に倒れた。

その肌を追って、喬司も腹這いになった香苗に折り重なっていく。

エアコンは停めてあり、部屋の湿度計は九十二パーセントを指し、不快指数も百に近いだろう。二人の肌は噴き出した汗でコーティングされたようで、肌が触れるだけでぬるぬるとすべる。蒸し風呂のような密室で、二人の分泌する汗も体液もどろどろに混ざり合っている。

肩甲骨に沿って舌を這わせ、ぬめる背中を撫でると、

「もう、どこを触られても感じる。あっ……あっ……」

香苗が背中を反らせて、びく、びくっと震える。

高梨《たかなし》香苗は喬司の行きつけのバーで働いている、心の欠落した退屈な女だが、セックスには貪欲であり、結婚を放棄している喬司にはもってこいの相手だった。

肉体関係を持ってもう二年半になるが、彼女が結婚の話に触れたことはない。

腕立て伏せの形で強く打ち込むと、香苗は尻をぐぐっと持ちあげて、

「ぁああ、イク……また、イッちゃう」

シーツを鷲づかみにする。

柔らかな尻たぶに埋まり込んでいくような心地好さと、まとわりつく膣の粘膜が、喬司を高みへと押しあげていく。

もう何回目の射精なのか、覚えていない。

「出すぞ、また出すぞ」

尻肉を打ちのめすようにつづけざまにえぐり込んだとき、

「くっ……イクっ……あっ、あっ……」

香苗が頭を後ろに反らして、がくん、がくんと躍りあがった。

喬司も放精する。

すでに、勢いよく放出する華々しい快感と言うより、小水をお漏らしするときのようなぐずぐずした漏洩《ろうえい》感に変わっている。

わずかばかりの精液を放ち、香苗から離れて、すぐ隣にごろんと横になる。

射精後のどうしようもない虚しさを追い払おうと、上体を起こして、サイド

テーブルに置いてあった煙草を吹かす。

隣では、香苗がこちらに背中を向けて、静かに横たわっている。

(射精の後の煙草はどうしてこんなに美味いのだろう?)

ニコチンを含んだ煙が肺臓に沁み渡っていく気だるい充足感——。

外に目をやると、カーテンの開け放たれた窓を一匹の蝸牛《かたつむり》がゆっくりと横切っていくところだった。ところどころに雨粒を付着させたガラスに、蝸牛がたどってきた軌跡が粘液の道を光らせている。

ここはマンションの五階だから、どうやってあがってきたのか不思議だ。ベランダを縦に走る雨樋があるから、そこを伝ってきたのだろうか?

黄土色の殻に黒い渦巻きを持つ五センチほどの大きな蝸牛が、四本の触角を立て、半透明の足をうごめかしながら、窓ガラスを斜めに横切っていく。

(そう言えば、あのときも紫陽花《あじさい》の上を、蝸牛が這っていた)

あの雨の日の出来事が、まるで昨日のことのように鮮やかに脳裏によみがえってきた。

「あらっ……ねえ、あれ蝸牛じゃない?」

香苗が一メートルほど離れた窓のほうを指さした。

「そうだな、蝸牛だ」

「気持ち悪いわ」

「そうか？　エロいじゃないか」

「ウソ！　どこが？」

「どこがって……あのぬめぬめしたところがだよ。香苗のここだって、ぬめぬめしてるだろ」

後ろから手をまわし込んで、太腿の奥をさぐると、ぬるっとした粘膜が指腹にまとわりついてきて、

「もう、ダメっ……壊れちゃうよ」

香苗が腰をよじって指から逃れ、向き直って、胸板に顔を埋めた。喬司を上目遣いに見て、

「ねえ、前から訊きたかったんだけど……。設楽さん、去年も梅雨のときに同じことをしたでしょ？　会社休んで、わたしを抱いたじゃない。今年もそう。これって、何かの儀式なの？」

「……聞きたいか？」

「ええ、聞きたい」

「そうか……これまで、誰にも打ち明けていなかったけど、香苗ならいいかもしれない。きみは何でも呑み込んでしまう海みたいな人だから」

「海？　わたしが？」

「ああ……海だ」

「何でもいいけど、話して……もう二回もこの儀式につきあってるんだから、聞く資格あると思うけどな」

「そうだな、話そう……俺が高校二年のときだから、もう二十年近くも前のことになる……」

2

うちは俺が小学生のときに両親が離婚して、しばらくは母が女手ひとつで俺を育ててくれたんだ。

で、高校生のとき、母が再婚して、俺たち親子は再婚相手である設楽浩一《こういち》の家に住むことになった。

継父は母より十歳年上の会社員で、当時もう五十路を迎えるところだった。すごく穏やかな人だったが、それほど裕福というわけではなく、親から受け継いだ郊外にある古い日本家屋を住まいとしていた。

えっ、初婚かって？　先を急がないでくれよ。今から話すから。

きみが考えているようにあっちも再婚だった。しかも、連れ子がいた。いや、連れ子なんて俗な言葉で、彼女を言ってはダメだ。

きみはほんとうの美人というのを見たことがあるかい？　俺が高校一年のときに二人の結婚が決まり、レストランで顔合わせをしたんだ。初めて設楽弓香《ゆみか》を見たときの衝撃はすごかったな。

都心の大学に通う二十歳だったのだけれど、年齢不詳というか、この女にとって年齢などという人を判断するための材料は必要ないという感じだった。

ストレートヘアが肩に散り、前髪の下からこちらを見る目はやたら大きくて、普段は柔和な笑みのなかに隠している感じだったが、何かの折りに見せる目力は凄まじかった。

挑みかかるような目で見つめられたときには、俺なんか石のように固まったものだ。魂を根こそぎ持っていかれたよ。

だから、俺はなるべく彼女と目を合わさないようにしていた。

だけど、ひとつ屋根の下で暮らすとなると、そうはいかなかった。

俺は十七歳だったから、弓香が三つ年上であり、戸籍上では彼女は俺の「姉」だった。

でも、土台無理な話だよ。いきなり、俺が彼女の「弟」になるなんて。そう思えるわけがない。

とにかく俺は高校に通いながら、これまでとはまったく違った生活を送ることになった。

弓香は朝が弱くて、朝食時に顔を合わせることはなかったが、夕食はなるべく家でみんなで摂ろうと継父が言うので、彼女も週の半分くらいは一家団欒で食卓を囲んだ。

俺の隣が彼女の指定席だった。弓香は質問に答えたり、会話に加わったりはするが、基本的に無駄口は叩かない女だった。

俺はどちらかというと明るく開放的なタイプだったが、弓香を前にすると、緊張してしまい、借りてきた猫のように大人しかった。

これが血の繋がった姉と弟なら、小さい頃から一緒に育ってきたのだから、性的な関心は生まれないだろう。舞台裏を見てしまっているのだから、普通は性の対象にはならない。

だが、俺はその舞台裏を見ていないがゆえに、彼女はステージでスポットライトを浴びる美しい女優でありつづけた。

一年が経過しても、彼女は俺に決して舞台裏を見せようとはしなかった。リビングのソファに腰かけているときでも、ぴっちりと膝を閉じていたし、気を抜いた格好は絶対にしなかった。風呂に入るときに当然脱いだだろう下着も脱衣籠にはなかった。

もちろん、会話は交わすものの、それは一定の距離を取ったもので、俺は彼女の内面に踏み込んでいきたいという気持ちを棚上げした状態で、悶々とした日々を過ごしていた。

だが、二人の距離が一気に縮まるときがやってきた。

あれは気象庁が梅雨入りを宣言した翌日のことだった。その日、継父と母は祖父の具合が悪くなり、継父の実家に泊まりにいっていて留守だった。

夜になっても、細かい雨が音もなく降りつづいていた。

俺はひとりで夕食を終えて、真っ暗にした自分の部屋でミスター・チルドレンのCDを聴いていた。たぶん「innocent world」だったと思う。

俺は当時から音楽を聴くときは、暗闇でと決めていた。そのほうが、音がすっぽりと体に沁み込んでくるからだ。

もう午後十時を過ぎているのに、弓香は帰っていなかった。こんなに遅くなるのは珍しい。今夜は両親がいないので、羽を伸ばしているのだとしか考えられなかった。

そういうことをする女ではないと思っていたので、その俗世間的な行動にむしろ親しみを覚えた。

（それにしても遅い）

二階の窓のカーテンの隙間から外の様子をうかがっていると、タクシーが家の前で停まって、背広姿の痩せた紳士が傘を差して出てきた。黒い傘から銀髪の頭がちらちらとのぞいていた。

彼は降りてきた弓香を傘に入れて、玄関で立ち止まり、待たしているタクシーに戻ろうとした。

そのとき、俺は見たのだ。

やけにかわいいワンピース姿の弓香がその紳士に抱きついて、耳元で何か囁いたのを。

男は不安そうに家を見て、それから、タクシーに戻り、運転手に何か言った。

タクシーがヘッドライトに霧のような雨を反射させて走り去り、玄関が開く音がした。

二人が階段を踏みしめる音が近づいてきて、二階の廊下を歩く音が遠ざかっていった。

信じられなかった。弓香が男を自分の部屋に連れ込んだのだ。それに、さきほど見た、弓香が男に抱きついた光景が頭から離れなかった。弓香があんなに女を剝き出しにしたことが、ちょっとショックだった。

だいたい、あの紳士面した男はいったい何者なんだ？

インテリ風に見えたから、大学の教授だろうか？　しかし、大学の教授が教え子の部屋に入ったりするか？　もしそうだとしたら、すでに肉体関係があるとしか考えられない。

およそセックスには無縁に思える弓香だが、もう二十一歳なのだから、当然恋人だっているだろう。しかし、あの初老が恋人？

同年代の男ではきっと物足りないだろうし、確かに年上の男のほうが彼女にはしっくりきた。

部屋に入ってからもう十分ほど経つのだが、二人が部屋を出てくる気配はなかった。

(何をしているんだ？)

居ても立ってもいられなくなって、俺は部屋を出て、隣室からベランダに出た。我が家のベランダは長く、弓香の部屋にも通じていた。

しとしと降りつづく雨に濡れないように庇の下を足音を忍ばせて歩いた。弓香の部屋はカーテンの真ん中が十センチほど開いていて、細長い明かりが漏れていた。

その隙間にそっと顔を寄せた瞬間、俺は凍りついた。現実ではないようだった。まるで、映画でも観ているようだった。

煌々とした明かりのなかで、生まれたままの姿の弓香が、ベッドに腰かけた紳士の股間に顔を埋めていた。

窓から見て左側の壁に沿ってベッドは置いてあるので、俺は弓香の裸身を斜め後ろから見ることになった。

漆黒の長い髪が、なめらかな背中の途中まで垂れ落ちていて、その髪が顔の動きとともに生き物のように揺れていた。

今、目にしているものが、現実だとは思えなかった。夢を見ているのだ。淫らな夢を見ているのだ。そう思いたかった。

だが、弓香が咥えているものが、彼女が顔を上下に振るたびに姿を現し、やがて、醜悪としか言いようのない肉の柱を彼女が舐めあげていくその横顔を見たとき、これが間違いなく現実であることを認めないわけにはいかなかった。

銀髪の瘦せた男が何か言って、弓香が顔をあげ、男がベッドにあがって仰向けに寝た。

そして、弓香が男の顔をまたぎ、腰を振りだした。

弓香は気持ち良さそうに顔をのけぞらせながら、腰のくびれたしなやかな裸身を前後にゆるやかに振っていた。

斜め横から見る弓香の乳房は、上の直線的な斜面を下側の充実したふくらみが押しあげた美しくも驕慢な形をしていた。

そして、乳暈がとても狭くて、透き通るようなピンクの乳首がツンと上を向いていた。

銀髪の男の枯れ枝のような指がそこをもてあそびだすと、弓香はますます顔をのけぞらせ、がくん、がくんと震えだした。

弓香が前に突っ伏すと、男が下から抜け出して、弓香を仰向けにした。

両手を頭上に押さえつけて、何か言った。

と、弓香は右手の指で左手首を握り、頭上にあげて、そのスレンダーだが女の曲線を随所にたたえた裸身をさらしたままになった。

そのとき、俺は思った。弓香はこの初老の男に、美の極致の身体を見せることで、悦びを得ているのだと。

形良くふくらんだ乳房を男はしゃぶり、弓香は乳首が感じるらしくて、

「あっ……あっ……」

と声をあげながら高まっていくのが、ガラスを通してもはっきりとわかった。

その間も、弓香は頭の上で繋いだ手を、決して離そうとはしないのだ。

それから俺が見たものは、それまでAVとかで観たものとは全然違っていた。

初老の男は、まるで芸術作品を愛でるように丹念に時間をかけて、弓香の肉体を愛撫した。桜色に染まってきた色白の肌を舐め、慈しむように撫でさすった。

弓香は伸びやかな肢体をよじり、痙攣させ、必死に声を抑えていた。

男が弓香の下腹部に顔を埋めてからも、こちらが焦れるくらいに長くて、しかし、弓香がクンニに敏感に反応するのを見ているだけで、俺のアレは勃起しつづけていた。

深夜になっても依然として静かな雨が降りつづき、ベランダはかなり冷えた。肌に沁み込んでくる冷気のなかで、俺はそこを動くこともできずに、ズボンのなかに手を突っ込んで、勃起をしごきつづけていたのだ。

男が寝転び、弓香が腰にまたがった。

今でもはっきりと覚えている。弓香が赤銅色にいきりたつものを手で導いて、ゆっくりと腰を落とし、醜悪なものを体内に受け入れるときの光景を。

俺はそれだけで射精していた。

ズボンのなかに温かいものがじゅわっとひろがった。だが、俺のペニスは勃起しつづけていた。

男が何か言って、弓香はうなずき、両手を首の後ろで組んだ。いやらしく乳首を尖らせた乳房をあらわにして、弓香は腰を振りはじめた。

膝を立ててM字に開き、弓香は両手を首の後ろに組んだままで腰から下だけを、くいっ、くいっと前後に振って、

「ぁああ……くうぅぅ」

と、必死に声を押し殺しているのがわかった。

いいかい、並の女じゃないんだ。弓香は美の化身と言ってもいい女だ。

そのミューズが美しすぎる顔を快楽にゆがめ、乳房に乱れた髪を貼りつかせて、何かに憑かれたように腰を振っているんだ。

何もかもが頭から抜けていった。そして、俺はガラスに顔をくっつけて、ズボンと下着を膝までおろして、剝き出しのアレをひたすらしごいた。

弓香は今にも泣きだしそうな顔をして、腰を縦に振り、前後に擦りつけた。時々、動きを止めて、ぶるぶるっと震えていた。それから、何かに突き動かされるようにまた腰をつかった。

俺は童貞だったが、彼女がイキそうになっているのがわかった。俺のアレも再び爆発寸前だった。それでも、弓香がイクのに合わせて射精したいという気持ちはあった。

俺は弓香に同化して、弓香の快楽を感じながら、先走りの粘液をだらだらとこぼしていた。そして、弓香が果てて前に突っ伏していったとき、俺も射精していた。

白濁液が窓に飛び散って、濡れたガラスをゆっくりと垂れていった。そのとき、俺は俺の印をつけたのだと思った。

その紳士が誰だったのかって？　それを知ったのは、梅雨が終わりかけていた七月の半ばの午後だった。

3

その日曜日は前日につづく雨で、両親はこの前みたいに実家へ看病に出かけていた。俺は外に出るのも億劫で、一階の和室の障子を開け放って畳に寝そべり、濡れ縁越しに庭を眺めていた。

梅雨時の昼下がりって、何とも言えない侘しさがあるだろ？　だけど、うちの庭には紫陽花が咲いていて、その鮮やかなブルーが、気分の落ち込みをふせいでくれていたんだ。

うちの紫陽花は花が密集していて、すごくきれいだった。

紫陽花って面白い花で、あの花に見えるのは花びらじゃなくて、じつは萼《がく》なんだ。装飾花と言うらしいんだけど、生殖機能は失っていて、したがって実はならない。じゃあ、なぜあんなに鮮やかなのかと言うと、受粉のために昆虫などを誘い寄せるためらしいんだ。妙な花だろ、紫陽花って。

紫陽花は咲きはじめは薄緑色をしてるけど、それが青や赤に変わっていく。花の色は土に含まれているペーハー値で決まるんだ。一般的に土が酸性なら青に、アルカリ性なら赤になると言われているんだけど、リトマス試験紙と反対だよな。

えっ、つまらないって？　先を聞きたいって？　そう焦るなよ。ちゃんと話すから。

で、俺は紫陽花の葉っぱに蝸牛が三匹もいるのを見つけたんだ。

今日は一匹だけどね。

俺は葉っぱをちんたら這っていく蝸牛に見とれていた。そのとき、足音が近づいてきて、振り向くと、弓香だった。

ノースリーブの白いブラウスに膝丈の紺色のフレアスカートを穿いていて、まるで清純な高校生みたいだった。

「何を見ているの？」

「ああ、蝸牛だよ。紫陽花に三匹もいる」

「危ないな」

「危ないって？」

「喬司さん、知らないの？　紫陽花って青酸性の毒で身を守っているのよ。彼らが食べたら、中毒になっちゃう」

「そうなの？」

「ええ……」

俺はまさかと思った。梅雨時の紫陽花に蝸牛が這う光景はよく絵にもなっているし、そんなはずはないと思った。

しかし、弓香はそう信じているようで、濡れ縁から突っかけを履いて庭に降りた。蝸牛を一匹ずつつまんで、隣の梔子《くちなし》の白い花に移し変えている。

あの気色悪い蝸牛をじかにつかめる女などこれまで会ったことがなかった。それに、傘も差していないので、細い糸のような雨が、彼女の髪や肩に降りそそいでいた。

弓香は三匹の蝸牛を移し終え、梔子の花の匂いを嗅いで、

「いやらしい匂いがするわ」

後ろ姿でそう言って、濡れ縁から和室にあがってきた。

長い黒髪がしっとり濡れて、すごくエロかった。白いノースリーブのブラウスも雨を吸って、肌色がところどころ透け出て、ブラジャーの肩紐や模様が浮きあがっていた。

弓香は風呂場からタオルを取ってきて、俺のすぐ隣に膝を崩して座り、長い髪

をタオルで挟むようにして水分を拭きはじめた。

膝を崩しているので、むっちりとした内腿がのぞいていた。

以前に、あの紳士とのセックスを覗いてしまっているのだ。

平静でいられるわけがない。

弓香が俺の気持ちを察したかのように、髪を拭く手を止めて、言った。

「この前、喬司さん、わたしの部屋を覗いていたでしょ？　二人が実家に行ってた夜のことだけど……」

「……ああ」

見られていたのだ。一瞬にして、背中に冷たい汗が噴き出してきた。

「もう二十一なんだから、セックスは自由でしょ？　そう思わない？」

「……喬司さん、ひょっとして童貞？　でしょ？」

俺は答えたくなかった。十八歳で童貞だなんて、自分が女にもてないことを公表するようなものだ。話題を変えようとして訊いた。

「あの紳士は、誰なの？」

「大学のゼミの教授よ。英文学の……驚かないのね」

「そうじゃないかって気がしてた。いかにも教授って感じだった」

「……ねえ、これで背中のほうを拭いてもらえる？」

弓香が新しいタオルを差し出したので、俺はそのふかふかのタオルをつかんで、後ろにまわった。

弓香が背中にかかっている長い髪を右手で左側から束ねながら、右肩の前にまわした。

首の後ろを斜めに走る髪の流れに見とれた。うなじとともに、柔らかそうな後れ毛が見えた。

白いブラウスは濡れて肌に貼りつき、ブラジャーの肩紐とストラップが透け出していた。

俺はその艶めかしさに震えながら、ブラウスの肩から背中にかけてタオルを押しつけ、水分を吸い取っていった。

と、弓香がブラウスの胸ボタンを外しはじめた。

三つほど外すと、俺の手をつかんで、襟元からなかに引っ張り込んだ。

湿った肌とブラジャーの感触を感じた途端に、俺の脳は蕩け、反対に下腹部のものはいきりたった。

「震えてるね」

そう言って、弓香は俺に胸を揉むように手でせかした。おずおずと指を動かすと、柔らかなふくらみが形を変えて、

「んっ……んっ……」

弓香は甘い鼻声を洩らし、そして、後ろ手に俺のズボンの股間をまさぐってきた。

アレが力を漲らせるのを感じながら、ブラジャーの下に手をすべり込ませた。温かくて柔らかなふくらみの頂で、硬くなっている乳首に触れて、俺はそれだけで射精しそうになった。

ＡＶで愛撫の仕方はだいたいわかっていた。雨に濡れた髪の匂いを吸い込みながら、夢中で乳首をこねると、

「んっ……あっ……ぁあぁ」

弓香は顔をのけぞらし、背中を預けてくる。

俺はそのまま弓香をそっと畳に寝かした。

障子もガラス戸も開け放たれているけれど、家の周囲には木製の塀が立っていて、外からは見えないはずだった。

無我夢中で、はだけたブラウスの胸に顔を埋め、ふくらみに擦りつけた。

雨に打たれた土の発する黴臭《かび》いような臭気が部屋にも忍び込んでいて、弓香の肌が放つミルクを沸かしたような匂いと混ざり合っていた。

「喬司、喬司……」

弓香は俺の名前を呼んで、ぎゅっと抱きしめてくれる。

濡れたスカートのまとわりつく足が、俺の足にからんできて、俺は本能の赴くまま、スカートをたくしあげ、太腿の奥へと右手を差し込んでいた。

「あっ……」

湿った太腿がよじりあわされて、手首をぎゅっと挟み付けてきた。圧迫感を撥ね除けるようにパンティの基底部を指でなぞると、太腿が徐々にひろがって、

「んっ……んっ……ああ、わたしダメなの。この時期になると、ダメなの」

弓香は下腹部をせりあげて、手にアソコを押しつけてきた。

この時期というのは、梅雨のことだろう。そうか、弓香は梅雨になると発情するのか？

なぜだろうと思いながらも、指を這わせると、湿っていたパンティが、内側から滲んだ潤滑油でじっとりと濡れてきて、ついにはぬめりを感じるようになった。

たまらなくなって、俺は純白のレース付きブラジャーを左手でずりあげ、こぼ

れてできた乳房に貪りついた。

揉み込むと、じっとりとした乳肌がどこまでも沈み込んでいくようだった。青い血管を透け出させた色白の乳房が、自分の手の下で面白いように形を変える。

そして、痛ましいほどにせりだした、カチカチの乳首が俺を昂奮させた。

しゃぶりつきながら、股間を指でなぞると、

「ぁああ、ぁあうぅぅ」

弓香は手の甲を口にあてて声を押し殺した。

だが、俺は初めてで、その先どうしたらいいのか、段取りが思いつかなかった。

4

弓香は俺のズボンとブリーフをおろすと、自分もブラウスを肩からすべらせ、スカートもおろし、下着も脱いで一糸まとわぬ姿になった。

色白の伸びやかな裸体に見とれているうちに、俺は畳に仰向けにされた。そして、あの目力の強い大きな瞳で慈しむように見おろされると、魂が奪われていくようで、何も考えられなくなった。

Tシャツを脱がされて、胸板にちゅっちゅっとキスされ、乳首を吸われた。

「あっ……」

まるで女の子みたいな声を出した俺に、弓香は微笑みかけ、また乳首にキスして、舐めてくる。

弓香は右手で下腹部の勃起を握って、ゆるゆるとしごきながら、胸板に舌を走らせる。

こそばゆさと紙一重の快感が、アレをしごかれる歓喜と混ざり合って、俺は一気に天国に連れていかれた。

わかるだろう？　俺はセックスの知識はあったけど、女体に触れるのは初めてだったんだ。その童貞が、美しすぎる義姉に愛撫されているんだ。それがどんなことか、女のきみにはわからないかな。

弓香はとても丁寧だった。あの大学教授にいつもじっくりと愛撫されているから、自然に身についているのだと思った。

それに彼女の唇はサクランボみたいにぷにぷにしていたし、細くて長い指もすごくしなやかで、それが触れてくるたびに、俺は陸に打ちあげられた魚みたいに跳ねていた。

俺のアレは射精したみたいに先走りをあふれさせて、彼女がしごくたびに、ネチッ、ネチャッと恥ずかしい音が聞こえたものだ。

そして、とうとう弓香の舌が勃起をツーッと舐めあげてきた。上から頬張られた直後に、情けないことだが、俺は射精していた。

弓香はさすがに驚いたようだったが、咥えたままそれを呑んでくれたんだ。塩をかけられたナメクジみたいに身も心も蕩けて、なくなっていくような感じだった。

だが、信じられないことが起きた。あの盗み見した夜もそうだったけど、俺の分身は射精してもまだ硬いままだった。

弓香は咥えたまま、信じられないという顔で俺を見て、目を伏せ、ゆっくりと顔を振りはじめた。

出したおかげで、何とか持ちそうだった。それでも、ぷにっとした唇が胴体から雁首へとすべり動くと、甘い疼きがどんどんひろがってきた。これまでの人生で最高の愉悦だと感じた。

弓香はぐっと奥まで頬張って、陰毛に唇を接した状態で、なかでちろちろと舌を動かした。それから、唇を引きあげ、尿道口を舌先であやしながら、俺を見た。

愛撫がもたらす効果を推し量っているように細められた目を、俺は今でも思い出す。あれこそが、使い古された言い方だけど、まさに魔性の目だった。

それから、弓香は顔をあげて、またがってきた。M字に開いた太腿の奥に切っ先をなすりつけ「ぁああ……」と喘いだ。

肉棹をあてがったまま静かに腰を落とし、勃起が奥まですべり込むと、

「あ……っ」

口を開いて、しばらくそのままのけぞっていた。

俺が最初に感じたのは、そこの温度だった。梅雨冷えのなかで、弓香の体内だけが温かく、そして、きゅっ、きゅっと締まりながら勃起を包み込んでくるのだ。

俺はただただその悦びに酔いしれていた。だってそうだろ？　筆おろしを義姉であり、絶世の美女にしてもらったんだから。

「動いても大丈夫そう？」

弓香が訊いてきたので、俺は見栄もあってうなずいた。

弓香が上で腰を前後に振ると、亀頭の出っ張りとその下側の敏感な部分が、奥のほうの粘膜のふくらみに擦りつけられて、あっと言う間に射精しそうになった。

「入っているところを見たい？」

言われてうなずくと、弓香は腰を上下に振りはじめた。

すごい光景だった。

M字に開いた太腿の間、漆黒の翳りの底に自分の勃起がおさまり、そして、出てくる。

「あっ……んっ……いいの。おかしくなりそう」

弓香は両手を俺の胸に突いて、スクワットでもするように腰を縦に振る。

俺は庭のほうを向いていたので、弓香の色白の裸身の向こうに、ブルーの紫陽花が雨に打たれているのが見えた。

弓香が上下動するたびに、形のいい乳房が波打って、ピンクの乳首も揺れて、俺は紫陽花とともに弓香を見ているだけで最高に幸せだった。

弓香が前に身体を倒してキスをしてきた。柔らかな唇、よく動く舌、甘い唾液の匂い――。

そして、弓香が耳を舐めてきた。耳たぶを舌が這ういやらしい摩擦音、くぐもった息づかい、分身を包み込みながらうごめく粘膜――。

陶然としていると、弓香が耳元で囁いた。

「上になりたくない？　最後は自分で動いて出したいでしょ？」

「ああ、そうしたい」

そう答えると、弓香はいったん離れ、畳に仰向けになり、足を開いて俺を迎え入れた。

弓香を組み伏せている気がして、俺にはその体位のほうがしっくりきた。おずおずと腰をつかった。

まったりとからみついてくる粘膜を押し退けるように、勃起を行き来させた。あまりの気持ち良さに歯を食いしばっていないと、すぐにでも漏らしてしまいそうだった。

「ぁああ、ぁああ……いいの。感じる。喬司、感じるのよ」

弓香はそう言いながら、両手を頭の後ろにもっていき、手首を握りしめていた。この前もそうだった。きっとこの格好だとすごく昂奮するのだと思った。

打ち込むたびに、ぶるんぶるんと揺れる乳房に誘われて、俺はふくらみをつかんで揉んだ。

「ああ……もっと、もっと強くしていいのよ」

ぼぅと霞のかかったような目が、下から見あげてくる。

いやらしい目だった。発情したメスの目に見えた。

俺は乳房を根こそぎもぎとるように荒々しく揉みしだき、そして、背中を曲げて乳首にしゃぶりついた。

あむあむと甘噛みし、硬い乳首を吸いまくり、舐めた。と、弓香の気配が変わった。

「ぁああ、ぁああ……いいの。ほんとうにいいの……ねえ、わたしの腕を押さえつけて。……そうよ、そのままちょうだい。突いて。弓香をメチャクチャにして」

俺は前屈みになって、弓香の両腕を畳に押さえつけたまま、無我夢中で腰を叩きつけた。

「あんっ、あんっ、あんっ……ああ、いい……おかしくなる。おかしくなる……あっ、あっ、あっ……」

弓香はM字に開いた足をぶらんぶらん揺らし、そして、動かすことのできる顔を左右に激しく振り、

「イク、イッちゃう……」

尖った顎をぎりぎりまでのけぞらせた。

俺ももう限界だった。射精覚悟でがむしゃらに打ち込んだとき、熱いしぶきが迸った。

射精しながらさらに押し込むと、弓香がのけぞりかえった。

「あっ……あっ……」

と、裸身を痙攣させている。

細かく収縮する膣肉に精液を搾り取られていくようだった。出し尽くしたときは、もう姿勢を保っていられなくなって、弓香に折り重なった。汗でぬめる肌は温かかった。

ドクッ、ドクッ、ドクッ――。

弓香の心臓の鼓動が聞こえた。

屋根や地面を叩く雨音――。地面から立ちのぼる黴臭いような匂い――。

俺は離れるのが惜しくて、しばらくそこでじっと身体を重ねていたんだ。

5

「それから、弓香さんとはどうなったの?」

香苗が興味津々という顔で訊いてきた。

「しばらくは何もなかったんだ。姉と弟だからしてはいけないという気持ちがどこかにあった。次にしたのは、翌年の梅雨だった。あのときは、両親の目を盗んで随分としたんだ」

「それで、今もつづいてるわけ?」

「馬鹿言うなよ。弓香は翌年大阪の会社に就職して、出て行った。それっきりしていない。弓香は結局関西で結婚して、今はもう子供が二人いるよ」

「そうなんだ」

「ああ……これでわかっただろ? 梅雨になると、俺が発情する理由が」

「……会社まで休んで、三日三晩やりつづけるんだものね」

「いいんだ。一年のセックスをここに集約してるから。他のときには香苗とデートはするけど、ほとんど寝ないだろ? そりゃあ、たまにはするけど……とにかく決めたんだ。真剣に女を抱くのは梅雨のときだけだって」

「弓香さんを思い出してるのね」

「さあ、どうだろう」

窓のほうを見ると、あの蝸牛がどういうわけかUターンして、またガラスの中心に向かってきていた。

思いついて、喬司は香苗の両手を前に出させ、バスローブの腰紐で手首をひとつにくくった。

その手を首の後ろに持っていくと、腋の下も乳房も完全にさらけだされた。

「そのままだよ。絶対に手を動かすなよ」

「わかったけど……」

喬司はベッドを出て、窓を開けた。

ベランダに出て、蝸牛をつかんだ。甲殻のなかに身を隠した蝸牛を部屋に持ってくると、

「ちょっと、何するの?」

香苗の顔が引き攣《つ》った。

「こうするんだよ」

喬司は蝸牛を、あらわになった乳房の上に置いた。

「ちょっと……」

「東南アジアでは蝸牛を肌に這わせる美容法があるくらいだから、平気だよ。粘液が肌の老廃物を取ってくれるそうだから」

「ほんとなの?」

「ああ、大丈夫だ」

恐怖がおさまったのか、香苗は顔を持ちあげて、じっと乳房の上の蝸牛を見て

いる。

しばらくすると、蝸牛が触角を出し、頭も出した。

そして、乳房のふくらみを頂上に向かって這いはじめた。

青い血管の透け出る肌を、粘液にまみれた足をうごめかして、ゆっくりと這いあがっていく。通ったところがテラテラと濡れて光っていた。

「ほら、頑張れ。もう少しで頂上だぞ」

喬司は蝸牛に声援《せいえん》を送りながら、あの日、紫陽花の蝸牛を梔子の花に移し変えていた弓香の後ろ姿を思い出していた。少しずつ乳首に近づいていく。

文月

白い着物の女

1

強い日差しがアスファルトから蜃気楼に似た蒸気を立ち昇らせている七月の雨上がりの午後、小出恒平《こいでこうへい》は葉山の日影茶屋《ひかげちゃや》に来ていた。

カップルや家族連れが多い客のなかで、ひとりであることに若干の気後れを感じながら、恒平はひかげ弁当を突つき、ぼんやりと外を眺める。

竹林の向こうに、小さな池と離れを持つ日本庭園があり、母屋から繋がった古色蒼然とした二階建ての長屋のような建物が見える。

ここ日影茶屋は江戸中期に創業した茶屋で、かつては夏目漱石などの文豪が家族連れで泊まりにきていたという老舗だった。だが、この茶屋を一躍有名にしたのは、大正五年十一月九日に起こった『日陰茶屋事件』だろう（日陰茶屋は昭和になって、日影茶屋と改名している）。

いつもは、四十歳くらいの精悍で、いかにも仕事ができそうな男と一緒だった。男の顔をどこかで見たことがあると感じたものの、結局、思い出せなかった。二人の醸し出す雰囲気から夫婦ではないだろうと踏んでいた。女は男の愛人で、不倫かもしれない――。

そんなことを想像しながら、時々、斜め前の彼女に視線をさりげなく遣る。料理が来る間、女は文庫本に読み耽っていた。

それから、席を立った。

トイレだろうか？　恒平は女がどんな本を読んでいるか気になって、腰をあげた。

トイレに立つ振りをして、彼女のテーブルに開いて伏せてある本の表紙にちらりと視線を落とした。

足が止まった。

神近市子の自伝で、一九七二年に文庫として出されたものであり、表紙も擦れて縁もセピア色に変わっていた。

（なぜ、彼女がこの本を？）

神近は大杉を刺したその人だが、この本は万人が読むという類のものではない。

元々『日陰茶屋事件』に興味を持っていて、文献を読み漁っていくうちにこの本に辿り着いたのだろうか？

男子用トイレで小用を済まし、席に戻ってくると、女はすでに着席していて、会席料理に箸をつけていた。

一時間後、先に支払いを済ませた恒平は、玄関の前で彼女が出てくるのを待った。ルポライターとしての血が騒いでいた。それ以上に、男としても女のことを知りたかった。

千載一遇のチャンスを逃がすと、もう二度と好機は訪れない――それが、ルポライターを長年つづけてきて得た教訓だった。

しばらくすると、支払いを終えた彼女が玄関の扉を開けて、出てきた。白い日傘を差したところで、声をかけた。

「すみません。ちょっとうかがってよろしいでしょうか？」

女はハッとしたように恒平を見て、眉をひそめた。

「怪しいものではありません。こういう者です」

ルポライターの名刺を出して、身分を明かした。

「……何でしょうか？」

怪訝《けげん》そうな顔をする女に、自分は今、日陰茶屋事件のことを調べているのだが、あなたがさっき神近市子の本を読んでいるのを偶然拝見して、大変興味を持ったということを告げた。

「びっくりしたわ。そういうことでしたのね。小出さん……ですか。よくこのお店でお見かけしますわね」

「ああ、はい……これで、四度目です」

「よく覚えていらっしゃいますね……ここでは何ですから、歩きましょうか」

女は日傘を差して、草履の音を立ててしゃなり、しゃなりと前を歩いていく。

麻だろうか、ベージュがかった白磁色の涼しげな着物に薄藤色の帯を締め、茄子色の帯揚げがのぞいている。

「わたしもちょうど散歩したかったので、つきあってくださいな」

女は振り返って口尻をあげ、横断歩道を渡って葉山港のほうに向かっていく。

想像より、歩くのは速かった。

碇泊しているヨットやクルーザーを横目に見て、駐車場から港の埠頭《ふとう》に出た。

釣り糸を垂れている釣り人たちを見ながら、恒平は声をかけた。

「さっきの話なんですが、なぜ神近市子の著作を読まれていたんでしょう?」

「……なぜかしら。小出さんはどう思われます？」

「いろいろと想像はしますが。しかし、わからないから、こうして、うかがっているんです」

「じゃあ、謎のままにしておきましょ。男の方は謎めいた女性のほうがお好きでしょ？」

女は、長身の恒平を悪戯っぽく見あげて、海に突き出た防波堤を先端に向かって歩いていく。

「今日はおひとりなんですね？」

後ろから声をかけると、女の足がぴたりと止まった。

「いつも一緒にいらっしゃる方は？」

「仕事で忙しいみたいですよ……探偵みたいにわたしを監視していらっしゃるのね」

「すみません。初めて拝見したときから、おきれいな方だなと思って……」

女はまた歩き出した。突端にある橙色のモニュメントの向こうで立ち止まり、遠くを見るような目をした。

海は凪《な》いでいたが、容赦なく降り注ぐ夏の陽光が海面に反射して、無数の鏡のように煌めいていた。やや離れたところに江ノ島が横たわり、はるか向こうには伊豆半島と八の字にひろがった富士山が霞んで見えた。

女は日傘を左手で持ち、やや後ろに傾がせて左肩で支えている。目を細めて海を眺めるその凛とした顔にふっと憂いの影が差すときがあって、その表情のうつろいが恒平の心をかきたててくる。

「座りましょうか」

女が言って、二人はモニュメントの土台に腰をおろした。

訊かれるままに、恒平は隣の逗子市に住んでいて、女房がいることを告げ、ルポライターとしてどんな仕事をしてきたかを話した。

すると、安心したのか、女がようやく自分のことを話してくれた。だが、訊き出せたのは、彼女が福永蓉子《ふくながようこ》と言って、この近くのマンションに住んでいるということだけだった。

「風が出てきたわね。帰りましょうか」

蓉子が腰を浮かせた。

来た道を戻ろうとしたとき、強い風が堤防を吹き抜けて、蓉子の差していた日傘が飛んだ。

「あっ……」

ふわりと空中に舞いあがって風に運ばれた日傘は、やがて勢いを失い、十メートルほど先の海中に落ちた。

骨の走る白い腹を見せてクラゲのように海面をゆらゆらと漂っていたが、潮の関係なのか、少しずつ沖に流されているようだった。

飛び込んで傘を回収してくれれば、男としての評価はあがるだろうが、もちろんそんな無茶な真似はできない。

「海を汚してしまったわね。海に申し訳ないわ。どうなるのかしら？　浜に打ちあげられるのか、それとも、沖に運ばれていく？　その前に沈んでしまうかしら？」

蓉子はじっと傘の行方を目で追っている。強くなった風が白い着物の裾を孕ませ、前身頃がめくれて、蓉子はそれを手で押さえる。

「諦めるしかないわね。お手間を取らせました。帰りましょう」

着物の前を押さえて防波堤を戻っていく蓉子と肩を並べて歩きながら、恒平は胸が切なくなるほどの昂りを隠せなくなっていた。

2

福永蓉子のことが忘れられないまま、恒平は福島原発のその後の取材に出かけ、それをまとめて雑誌編集部に送った。

その翌日、ひさしぶりに愛車を飛ばして、日影茶屋に向かった。いつものひかげ弁当を頼み、蓉子をさがしたのだが、彼女は姿を見せなかった。がっかりしたそのとき、あの男が入ってきた。蓉子ではなく、違う女を連れていた。

ミニのワンピースを着た女は二十代後半だろうか、蓉子とは対照的な見るからに明るく、しかし肉感的なタイプで、笑うと白い八重歯がのぞいた。女優で言えば、石田えりに似ていた。

そして、白いジャケットをはおった男はひどく上機嫌で、蓉子には決して見せたことのない笑顔をこの女には振りまいていた。

お互いに気を許しているような雰囲気で、二人はおそらくベッドをともにしているだろうと感じた。

女が足を組むと、裾からむっちりとした太腿が、ほぼ付け根までのぞいたが、女は他人の目など、はなから気にしていないという様子で、男の目を真っ直ぐに見て話しかけている。

前から気づいていたのだが、男は吃音者で、とくに「カ行」がスムーズに出てこなかった。だが、それを補って余りある、男としての自信のようなものに満ちあふれていた。短髪で色浅黒く、どこか精悍な感じがして、女にもてるタイプだった。

（この女と一緒にいるということは、蓉子さんは……？）

三人の関係に思いを巡らせながら弁当を突ついていると、青磁色の着物をつけた蓉子が店に入ってきた。いつもながら、凜として姿勢がいい。だが、美貌は白蠟のように青ざめて、表情がなかった。

先に蓉子を見つけた男の顔が、ハッと息を吞むのがわかった。

蓉子が二人の席にやってきて、悠然と男の隣に腰をおろして女のほうを見た。若い女はたじろいだ男が蓉子に何か言ったが、蓉子は無視して女のほうを見た。若い女は動じることなく、笑顔で蓉子に話しかけた。

蓉子は懸命に自分を抑えているのか、その端整な横顔がこわばっていた。一方、若い女は自信があるのか、蓉子を見くだしたような態度を取っている。

かろうじて均衡を保っているが、その奥では女の意地がぶつかり合っていて、何かあったら簡単に壊れそうな緊張感を孕んでいた。

男が蓉子に向かって強い言葉を投げかけた次の瞬間、蓉子がつっと立ちあがった。

男をにらみつけ、入口に向かうのを見て、恒平も腰を浮かした。急いで支払いを済ませて、蓉子を追いかけた。

「蓉子さん」

日傘を差して数メートル前を歩く蓉子に声をかける。蓉子が立ち止まって振り返り、ぎょっとしたように恒平を見た。

「……見ていたんですか?」

「……ええ」

「そう……」

蓉子は何かを考えているようだったが、やがて、口を開いた。

「小出さんは、わたしのことが好き?」

「……好きですよ。初めてお逢いしたときから、ずっと……一目惚れです」

臆面もなく、思いを打ち明けていた。

「時間はありますか?」

「ええ」

「いらして」

蓉子が前を向いて、歩きはじめた。恒平が後を追ってくるかどうかを確かめているような歩調だったが、恒平がついてくるのを確認したのか、足早になった。

ゆるい坂道をのぼり、その途中に建つ、見るからに高級そうなリゾートマンションの自動ドアを認証番号を打ち込んで開け、日傘を窄《すぼ》めて入っていく。

恒平も後につづいた。エレベーターに乗り、五階で降りる間、蓉子は無言を貫いていた。そして、五〇三号室のドアを開けて、恒平を招き入れる。

葉山マリーナを一望できる広々としたリビングにはバルコニーがついていて、白い壁には抽象画の絵画がかかり、家具も高級感に満ちていた。

分譲にしろ賃貸にしろ、とても女ひとりで払えるような金額ではないだろう。

さっきの男の傲慢な顔が頭に浮かんだ。

青磁色の和服を着た蓉子はサッシのカーテンを引き、薄暗がりのなかで恒平に近づいてきて、静かに胸に顔を埋めてくる。

「何も訊かないで、抱いていただけませんか？」

顎の下に顔を埋めたまま囁き、背中にまわした腕に力をこめる。

「でも、あの男の人とは……？」

「梶井《かじい》のことは気にしないで。彼はここには来ない。東京に戻るはずよ、あの女と」

最後は吐き捨てるように言って、蓉子は手をおろしていき、恒平のズボンの股間を撫ではじめた。

まるで、恒平を励まし、そそのかすような巧みな指づかいだった。和風香水の涼しげな微香が包み込んでくる。

このままでは、三人の血みどろの関係に巻き込まれるのではないか、という危惧を抱きつつも、力を漲らせてきた分身をひと擦りされるごとに、この女を抱きたいという抗しがたい欲望が腹の底から突きあがってくる。

蓉子は股間に手を添えたまま、涙堂のふくらんだ目で哀願するように見あげてくる。

(この人は男に対して、こんなすがるような目をするんだな)

日頃のきりっとした態度からは想像できない、男に頼るような哀切な表情に、恒平の頭から妻の康子が追い出されていく。

どちらからともなく、唇を合わせていた。

グロスを塗った唇は甘やかな芳香を滲ませ、舌は細やかな動きで、恒平の口蓋をなぞってくる。

蓉子が恒平の手を引きながらソファに倒れ込んで、すがるような目を向けた。

ソファに横になり、片足を床についた蓉子の青磁色の着物と白い長襦袢の前が乱れて、雪白に張りつめた内腿がわずかにのぞいていた。

蓉子に導かれるままに、右手で前身頃を割った。

しっとりと汗ばんだ肌に手を這いあがらせていくと、蓉子は太腿をよじりたて、今にも泣き出さんばかりに恒平を見て、いやいやと首を振った。

心からいやがっているようには見えず、右手をさらに奥にすべらせる。

下穿きはつけていなかった。ミンクのように柔らかな繊毛とともに湿ったものがじかに指腹にまとわりついてきて、

「あうぅぅ……」

蓉子が顎を突きあげた。

仄白い喉元をさらし、ぎゅっと唇を噛みしめている。

やがて柔肉の狭間を指でなぞるうちに潤みが増し、ぬるっとしたものが指先を包み込んできた。

蓉子は右手の人差し指を噛んで、「くっ、くっ」と洩れそうになる声を押し殺している。

つい先ほどまでは、蓉子は自分の手が届くような女ではなかった。だが、その高嶺の花が、今、自分の手に落ちようとしている――。

たとえどのような事情があろうとも、今、この手に感じる下腹のぬめりは現実であり、この瞬間、恒平はこの女のためならすべてを失ってもいいとさえ感じていた。

顎の下からほっそりとして引き攣った首すじにキスをおろし、右手で膝から太腿を撫でさすった。

パウダーを散らしたようにすべすべの内腿をなぞりあげ、奥の潤みを指で掃くと、

「ぁああ……あっ、あっ……」

蓉子は後ろ手にソファの肘掛けをつかみ、細かく震えだした。それから、せがむように下腹部を突き出してくる。

白足袋に包まれた小さな足の親指が反り返り、長襦袢がはだけてあらわになった太腿を鈍角にひろげ、あさましいほどに下腹部をせりあげ、

「ああ、いやっ……」

それを恥じ入るように顔をそむけて、いやいやをする。

恒平が上方の突起を、あふれだした蜜を塗りつけるように転がすと、

「あっ……あっ……」

蓉子は抑えきれない声をあげ、身をよじりたてた。

3

蓉子は帯の結び目に手をかけ、シュルシュルと衣擦れの音を立てて帯を解いた。

それから、着物を肩からすべり落とし、結っていた髪を解いて、髪をほぐしながら前を向いた。

ゆるやかにウェーブした黒髪が、薄手の長襦袢の肩と胸に枝垂《しだ》れ落ちて、日本画の美人絵のようだった。

全裸になってソファに座っていた恒平の前にひざまずき、下腹部のものを一気に頬張ってくる。

情熱的に唇をすべらせながら、両手で恒平の胸や腰をさすり、いったん吐き出し、潜り込むようにして睾丸袋にちろちろと舌を走らせた。なめらかな舌が毛む

くじゃらの袋の皺を丹念にすべる。

信じられなかった。

恒平の脳裏には、防波堤を日傘を差して海に向かって歩いていく蓉子の高貴な姿が焼きついていた。その女が、自分の醜悪な睾丸を舐めてくれている——。

睾丸がひくひくして、分身も頭を振った。

これ以上の男の至福があるとは思えなかった。

蓉子がふたたび頬張ってきた。

猛りたっている肉柱に上から唇をかぶせ、ずりゅっ、ずりゅっと大きくしごきたててくる。

まとわりつく髪をかきあげて、その横顔を見せでもするように斜めに咥え、なかで舌をからみつかせてくる。

上気した頬がふくらみ、亀頭部の丸みが生き物のように移動する。せっかくの美貌が台無しになっているのに、それを厭うことなく、亀頭部を頬の内側で擦りたてる。

それからまた、正面から亀頭冠を中心に小刻みに唇を往復されると、ジーンとした痺れが限界まで達した。

「蓉子さん、入りたい。あなたのなかに」

言うと、蓉子は静かに唇を引きあげて、

「ここで、して……」

恒平の手を取って、床に敷かれた毛脚の長い絨毯に仰向けに寝た。

「ここで、ですか？」

蓉子はうなずき、恒平をすがるような目で見あげてくる。

絨毯に長い髪を扇状に散らして、白い長襦袢姿でせがんでくる。片膝を立てているため、襦袢の前が乱れて、むちっとした太腿がのぞいていた。

恒平は絨毯にしゃがんで、蓉子の両膝をすくいあげた。長襦袢がはだけて、その奥に女の証が息づいていた。漆黒の翳りの底で、よじれた肉びらがわずかにひろがって、赤い内部のぬめりをのぞかせていた。

ビロードのようになめらかだが、濃い恥毛に、蓉子の情の深さを感じ、その狭間に屹立を押しあてて、じっくりと腰を進めていく。

とば口は窮屈だった。

だが、浅瀬を押し広げると、内部は潤みに富んでいて、まるで招き入れでもするように硬直を内へと引き入れた。

二人の陰毛が接するまで貫き通すと、蓉子は両手で絨毯をつかんで、顎を突きあげた。「くうぅ」と恒平も奥歯を食いしばっていた。

「はう……！」

少しでも気を許したら、放出してしまいそうだった。

熱く滾《たぎ》った肉路が連動してうごめきながら、侵入者を包み込み、時々、きゅ、きゅっと締めつけてくる。

恒平は海のなかに棲む腔腸《こうちょう》動物を想像した。いや、そんな単純な生き物ではない。クラゲか？　クラゲの無数の触手がざわざわと肉棹にからみついてくるようだ。

少しでも動いたら精液を搾り取られてしまいそうで、しばらくは微塵も動くことができなかった。

その間も、蓉子は「ぁあ、ああ」と声をあげながら、腰を揺する。繊毛の翳《かげ》りをせりあげ、肉棹に粘膜を擦りつけてくる。

そのしどけない姿に煽られて、恒平は前に屈んで、顎から首すじにかけてキスをおろす。それから、白い長襦袢の半襟をつかみ、開きながらぐいと押しさげる。

こぼれでた乳房はちょうどいいたわわさで、直線的な上部を下側の充実したふくらみが押しあげ、やや上についたピンクがかった乳首が誇らしげに尖っていた。

青い静脈が浮きでた乳肌を揉みしだき、背中を曲げて頂をそっと口に含んだ。唾液にまみれてきた突起を舌で上下左右に撥ねると、

「あっ……あっ……はうぅぅぅ」

蓉子は右手の人差し指を嚙んで、顎をせりあげる。

なおも乳首を転がし、吸うと、蓉子はせがむように腰を上下動させ、白足袋を腰にからませて、下腹部を押しつけてくる。

こらえきれなくなって、恒平は上体を起こし、蓉子の膝裏をつかんで開きながら、膝を腹部に押しつける。

蓉子の腰があがり、そこに強ち打ち込むと、

「はうぅ……！」

蓉子は両手で絨毯を搔き毟り、仄白い喉元をいっぱいにさらした。

ゆったりと腰をつかいながら、蓉子を見た。麗人が自分の腹の下で、快楽にとらえられて喘いでいる。

打ち込むたびに、白足袋に包まれた小さな足をぎゅうとたわめ、反対にのけぞ

らせる。

大きくM字に開かされた太腿の中心部に、恒平のいきりたちが嵌まり込み、肉びらをめくれあがらせながら行き来している。

(俺は今、憧れの女と繋がっている!)

ドーパミンが脳内を駆け巡り、頭も下腹部も熱い。強く打ち込むと、桜色に染まった乳房がぶるん、ぶるんと揺れて、

「あっ……あっ……ぁああ、いい……」

蓉子は両手を万歳の形であげ、つるっとした腋窩をさらし、顔を振りたくる。

恒平も限界を迎えていた。強く、速く打ち据えると、

「抱いて。蓉子をぎゅっと抱いて」

蓉子が潤んだ瞳を向け、両手を差し伸べてくる。

恒平は覆いかぶさり、右手を肩からまわし込んで、蓉子を抱き寄せる。

ふたたび唇を合わせながら、腰を躍らせた。粘っこい舌がからみつき、同時に下の口もまったりと肉棹を引き込みながら、波打つようにうごめく。

顔をあげて腕立て伏せの格好で、渾身の力で打ち込んだ。硬直が女の泥濘をうがち、

「あんっ、あんっ、あんっ……ぁあああ、ぁあああぁぁ……小出さん、イキそう……」

蓉子が今にも泣き出さんばかりに眉をハの字に折り曲げて、恒平の二の腕にしがみついてくる。

「俺も……俺もイキます」

吼えながら力を振り絞って、打ち据えた。蓉子は足をM字に開き、硬直を深いところに招き入れて、

「あっ、あっ……ぁああ、イクぅ……やぁあああああぁぁ！」

凄絶な声を放ち、それから、のけぞったままガクン、ガクンと躍りあがった。

体内の痙攣を感じながら、駄目押しの一撃を叩き込んだとき、恒平にも至福が訪れた。

頭の先まで槍で貫かれたような強烈な戦慄が走り抜け、恒平はいまだかつて味わったことのない歓喜に酔いしれた。

情事を終えて、ソファに座った恒平の膝に頭を乗せた蓉子が、ぽつり、ぽつりと事情を語りだした。

あの男、梶井崇《たかし》は蓉子の二つ年上で四十歳。現在は六本木ヒルズに会社を構えるベンチャー企業の社長で、マスコミにも取りあげられる時代の寵児だった。

(ああ、そうか……それで、何となく顔を知っていたんだな)

彼が不遜である理由がよくわかった。ビジネスでの成功は男に自信をもたらす。それは時として、自信過剰に繋がる。

そして、十年前に梶井がある事業に失敗して困っているとき、蓉子は父から譲り受けた遺産をすべて梶井に貢ぎ、そのお蔭で彼は窮地を乗り越えられたのだと言う。

「お二人は、ご結婚は?」

もっとも訊きたかったことを口に出すと、蓉子が首を横に振った。

「彼、東京に奥さんがいるのよ。だから、わたしはいつまで経っても、愛人……」

自嘲気味に言って、蓉子は恒平の膝をぎゅっとつかんだ。

その後、梶井は立ち直り、人材派遣業で頭角を現し、さらに、介護事業をはじめてそれも軌道に乗り、今や押しも押されもせぬ一流若手起業家として六本木ヒルズに会社を構えるまでになった——。

「このマンションも、梶井が買ってくれたのよ。わたしが貢いだお金の二倍はするんだけど……」

梶井は東京の奥さんのところと、葉山を行き来する生活だったが、それでも、蓉子は幸せだったと言う。

「でも、もうわたしに飽きたのかもしれないわね。さっきあなたが見た女に夢中なのよ」

あの溌剌とした女は香村詠美《かむらえいみ》と言って、二十八歳。介護士の資格を持っていて、介護事業をはじめた梶井の右腕的存在なのだと言う。

「梶井に言われたわ。今、俺はお前より詠美のほうを愛しているって……彼、彼女とのことを逐一わたしに報告してくるのよ。今日、キスをしたとか、もう少しのところで逃げられたとか……ベッドインに成功したって、喜んでいたわね。いい身体をしていて、胸はわたしの二倍はあるらしいわ。ベッドではとても激しくて、おしゃぶりが大好きなんだそうよ」

そう言って、蓉子は身体を起こした。

「梶井は奥さんにも、わたしと詠美さんのことを話しているらしいわ……信じられる、男として？」

「俺はできないですね、そんなこと」

答えながら恒平は、あの大杉栄だったら、そうしただろうと思った。

フリーラブを提唱していた大杉は、同時に三人の女を愛そうとした。そうか……蓉子が神近市子を読んでいた理由がわかった。

大杉は妻の保子、愛人であり生活資金を出していた神近市子、もっとも新しい女・伊藤野枝と同時に関係を持ったが、蓉子は三人のなかでは、神近市子にもっとも近い。

「この前読んでいらした神近市子の本は？」

「梶井に勧められたのよ。彼はご存じかもしれないけれど、カ行がなかなか出ないでしょ。大杉栄もそうだったらしいわ。梶井はそのことで仲間意識を持ったんだと思う。もともと、大杉栄の自分の意志を貫く自由奔放な生き方が好きだとは言っていたけど」

なるほど、梶井はそこまで大杉を意識していたのか。

男が性を謳歌しにくくなったこの時代に、フリーラブを実践している男がいることは、恒平にとっても新鮮だった。いや、それは偽善的な言い方だ。恒平は、梶井に嫉妬を覚えた。憎悪さえ感じた。

「それで、蓉子さんはどうするおつもりですか？　神近市子は日陰茶屋で大杉を刺しましたが……」

「わからない。市子の本を読んだところで、わたしは彼女とは違うから、参考にはならない。梶井がなぜわたしに彼女の本を勧めたのかもわからない。でも……あなたに抱いてもらったら、少しは気が済むかもしれない……。もう少し、いてくださるわね」

蓉子は恒平の手をつかんで、長襦袢の襟元の内側に導いた。柔らかな弾力を持つふくらみの頂で、しこりきった乳首が男を求めるようにせりだしていた。

4

一カ月後の夕方、恒平は蓉子とともに、森戸《もりと》神社に来ていた。葉山の総鎮守であり、源頼朝にゆかりの深い、海に接したこぢんまりした神社を、恒平は好きで度々訪れていた。

この後、車で十分もかからない日影茶屋で二人で食事を摂ることになっていた。

本殿に手を合わせた二人は、眺望の開けた庭に出る。

すでに夕陽は沈みかけていて、所々に海面から突き出た岩の群や、沖合にある灯台や赤い鳥居の向こうの空が、橙色に燃えていた。

そして、蓉子の身につけた白磁色の和服にも、仄かな茜色が映えていた。

隣の蓉子に訊いた。

「蓉子さんは、さっき何を祈願したんですか？」

「さあ、何かしら？　人に言うと願いは叶わないから、言わないわ。あなたは？」

「俺は……やっぱり、やめておきます。叶わないといやですから」

じつは、蓉子が梶井と別れて、完全にフリーになるように祈願していた。そうなったら、心置きなくつきあえる。無論、自分には妻がいるから、不倫になる。神様がこんな願いを聞き入れてくれるとは思えないのだが。

夕陽は沈みだすと早い。燃える火の玉が伊豆半島のシルエットのなかに姿を消し、残照が海面にも落ちている。

「そろそろ行きましょうか。今夜は特別な個室を取ってあるのよ」

微笑んで、蓉子が踵を返した。

二人は日影茶屋の個室で、凝った会席料理に舌鼓を打っていた。

蓉子が特別な個室と言ったのは、この離れが池のほぼ真ん中にあるからだ。橋を渡ると、茶室のような離れがあり、その和室で二人は座卓を前にして向かい合って座り、次々と運ばれてくる料理に箸をつけている。

白い和服を着て座椅子に座る蓉子の向こうは、雪見障子になっていて、灯りに浮かびあがった池が見える。

デザートの水菓子が出たところで、蓉子は仲居の耳元で何か囁いた。

仲居がうなずいて去り、水菓子を食べ終えると、蓉子が唐突に言った。

「別れることにしたわ、梶井と……」

森戸神社での祈願の効果がもうあらわれたのだろうか。

「俺もそのほうがいいと思います」

「でも、ただじゃ済まさない。市子は大杉を刺したけれど、わたしは違うやり方で梶井を……」

蓉子が決意を滲ませた目で、恒平を見た。

「どんなやり方で？」

「それは言えないわ。あなたも知らないほうがいいでしょ。でも、情報化社会だもの、企業人を抹殺するのに刃物は要らない。そう思うでしょ？」

「はい。俺も一応ルポライターですから、力になれることがあったらやりますよ」

「ありがとう。その気持ちだけでも励みになるわ」

蓉子は立ちあがって、雪見障子の重なっている障子を下におろした。池が消えて、和室は密室になった。蓉子が近づいてきて、恒平の隣に両膝をついた。

「でも、すごく不安なの。考えただけで、心臓が破裂しそう」

蓉子が恒平の手を取って、襟元のなかに導いた。じかに乳房に手が触れて、その丘陵のすぐ下から、手のひらを突きあげるような強い鼓動が伝わってくる。

「勇気が欲しいの。蓉子にその勇気を与えて」

「……あなたを支えます。誓います」

「うれしい……仲居さんはしばらく来ないわ」

蓉子が耳元で囁いた。

恒平は背後にまわって、膝を崩して座る蓉子の乳房を揉みしだいた。

たちまち汗ばんできたふくらみを、着物の圧迫を撥ね除けるように揉み、頂上で息づく突起を指に挟んで転がした。こよりを作るようにねじると、乳首がしこってきて、

「あっ……あうんん……いや、声が……」

蓉子が首を左右に振った。

「こういうところで、あなたの喘ぎ声が聞けるとは思わなかった」

カチカチになってきた乳首の側面を転がし、トップを指腹でこねると、

「あっ、それ……あっ、うっ、うっ……」

蓉子は洩れそうになる声を押し殺しながら、びくん、びくんと震えて、後ろの恒平に背中を預けてくる。

恒平はそのまま蓉子をそっと後ろに倒し、前にまわった。

畳に仰向けになった、蓉子の着物の裾が乱れて、白足袋に包まれた小さな足とそれにつづくふくら脛があらわになった。

と、蓉子が両手を伸ばして、恒平の顔を挟むようにして顔を寄せてくる。

恒平も唇を合わせ、舌を押し込みながら、右手で着物の前を割り、膝から太腿にかけてなぞっていく。しっとりとした内腿の肌が手のひらに吸いついてきて、

「ぁああ……あうぅぅ……くっ」

蓉子は手の甲を口にあて、内股にした両太腿を鈴虫の翅のように擦り合わせる。

そして、太腿の奥はそれとわかるほどに蜜を滲ませていた。

「濡れているでしょ？　自分でもわかるのよ」

そう言う蓉子の瞳も潤み、薄化粧された顔もボーッと桜色に染まっている。気にかかっていたことを訊いた。

「梶井とも、ここで同じことをしたんですね？」

「していないわ。彼はこういうことに臆病だから……小出さんが初めて。彼としたことをあなたとしないわ。信じて」

「信じますよ、蓉子さんを」

顎の下から首すじへとキスをおろしながら、女の割れ目を指でなぞった。

「ぁあ、ああ……んんっ……」

蓉子は顎を突きあげて、悩ましい喘ぎをこぼす。

右足は伸ばされ、左足は膝を立てている。潤みの底を撫でると、左足の白足袋がずりずりと畳を擦り、着物と長襦袢がはだけて、仄白い太腿が見え隠れする。

いったん動きを止めると、蓉子が身体を起こし、恒平を立たせた。

ズボンをブリーフとともに一気に引きおろし、雪見障子を背に立つ恒平の前に正座した。膝から太腿にかけて舌でなぞりあげてきた。

そのまま、股ぐらに潜り込むようにして、皺袋を舐めてくる。その間も、右手で硬直を握って、強弱をつけてしごいている。

「あっ……おっ……」

立ち昇る甘い愉悦に、恒平は目を瞑《つむ》りたくなるのをこらえて、この光景を目に焼きつけようとする
行儀良く白足袋を揃えた蓉子は、シニョンに結われた黒髪を傾がせて、睾丸の裏にさかんに舌を走らせている。

次の瞬間、睾丸が片方、蓉子の口のなかに消えていた。蓉子は睾丸を口腔におさめ、ちろちろと舌を裏側に這わせている。

(こんなことまで……)

蓉子のように気位の高い美女が、売れないルポライターの睾丸を頬張ってくれている——。

(俺はこの人のためなら、何でもするだろう)

恒平は畳に仰臥して、蓉子に尻を向ける形でまたがらせた。

着物と長襦袢をめくりあげると、象牙色の光沢を放つ尻がまろびでてきた。熟れた尻たぶの合わさるところに、セピア色の窄まりがひっそりとした佇まいを見せ、その下で、蘇芳《すおう》色の縁取りのある肉の唇が褶《しゅうきょく》曲しながらひろがり、内部の

赤いぬめりをのぞかせていた。

「いやっ……」

蓉子が羞恥に身をよじって、そこを手で隠した。その手を外して、女のとば口に貪りついた。

淡い匂いが鼻孔をくすぐり、蓉子そのものの芳香を味わいながら、狭間に舌を走らせる。

「あっ……あっ……んんん……」

あふれでてしまう声を封じようとでもするように、蓉子が屹立を頬張ってきた。柔らかな唇が亀頭冠にまとわりつき、往復する甘い疼きのなかで、恒平は陰唇の外側を舐めあげ、さらに、舌を横揺れさせて下方の突起を弾いた。

「んっ……んっ……ぁあああ……」

咥えていられなくなったのか、蓉子が顔をあげて、背中をしならせた。そうしながらも右手で肉棹を握りしめ、思い出したように擦る。

赤く充血したおかめ顔の陰核を吸い、舐め転がすと、蓉子は肉茎をしごくこともできなくなって、ぶるぶると痙攣しはじめた。

「……小出さん」

「何ですか？」

「……欲しくなったわ。これが……」

蓉子が肉棹をぎゅっと握ってくる。

5

蓉子は身体の向きを変え、垂れ落ちた着物と長襦袢をはしょって、またがってきた。

白足袋で踏ん張り、和式トイレにしゃがむ形で腰を落とし、いきりたちを導いて、ゆっくりと沈み込んでくる。

硬直が熱い滾りの底まで届いて、

「はうっ……」

蓉子は上体を一直線に伸ばした。

それから、膝を立てたまま、腰を前後に打ち振った。

カチカチになった分身が、蕩けたような肉路で揉みくちゃにされる悦びのなかで、恒平は蓉子の姿に見とれた。

むっちりとした太腿を大胆にひろげて、中心に突き刺さっている肉の塔を擦りつけるように、腰から下をなよなよと振っている。

上体はきっちりと和服をまとい、帯を締めているだけに、あらわな下半身のしどけない動きがいっそう劣情をかきたててくる。

「ああ、いや……止まらない。見ないで……見ないで」

そう口走りながらも、腰の動きはますます活発になり、

「あっ……はうぅぅぅ……いいの、いいのよぉ」

蓉子は何かにとり憑かれたように腰を鋭角に振りたくる。

恒平も動きたくなって、蓉子を前に倒した。折り重なってきた肢体を抱きしめ、尻をがっちりと押さえ込んでおいて、下から腰を撥ねあげる。

硬直が斜め上方に向かって、膣肉を擦りあげて、

「あっ……あっ……」

蓉子は上で身体を撥ねさせながら、ぎゅっとしがみついてくる。

いったん突きあげを休むと、膣襞がクラゲの触手のようにうごめいて、分身にさわさわとからみついてきて、恒平は奥歯を食いしばらなければいけなかった。

「ぁああ、小出さん……」

蓉子が感に堪えないという表情で、潤みきった目を向ける。

「蓉子さん、俺、あなたのためなら何でもしますよ」

「いいのよ。わたしの心の支えになってくれさえすれば……わたしもあなたが好き」

蓉子は慈しむように見て、恒平の髪をかきあげ、唇を寄せてきた。

唇を合わせながら、恒平がつづけざまに突きあげると、蓉子は顔をのけぞらして、

「あっ、あっ、あっ……」

またがった姿勢で哀切に喘いだ。

狭隘な肉路を擦りあげるたびに愉悦がさしせまったものになり、恒平は願望を告げた。

「蓉子さん、後ろからしたい」

「後ろから？　獣のように？」

「はい……獣になりたい」

蓉子は身体を起こして立ちあがり、ちょっと考えてから、

「これで、しましょ」

そう言って、一枚の雪見障子の下部の障子を引きあげた。透明なガラスを通し

て、照明に浮かびあがった池の一部が見える。

その大胆さに驚いたが、ここなら、角度的に母屋からは見えないだろう。

蓉子が雪見障子の前に四つん這いになった。

恒平は着物と長襦袢をめくりあげて、むっちりとした尻たぶの上部をつかみ寄せて、猛りたちを一気に打ち込んだ。

「うっ……！」

くぐもった声を洩らして、蓉子が畳に爪を立てた。

熱い坩堝に包み込まれる歓喜のなかで、激しく腰を叩きつけると、パチン、パチンと乾いた音がして、

「あっ……あっ……あっ……」

蓉子は鉤形に曲がった細い指で畳を引っ掻くようにして、帯が締めつける背中を弓なりに反らした。

シニョンの髪は崩れかけていたが、あらわになった襟足が楚々とした女の色香を匂い立たせていた。そして、ガラスの向こうに照明を浴びた白い蓮の花が見えた。

濁った水面に大きな円形の葉が浮かび、そこから突き出すようにして、大輪の

白い花が開いていた。

まるで蓉子さんのようだ――。

清楚でありながら凛として、同時に妖艶な蓮の花を見ながら、腰を打ち据えた。

両手を立てていた蓉子が、腕を前に放り出すようにして姿勢を低くし、腰だけを高々と持ちあげた。

挿入の角度が変わり、恒平も追い詰められていった。

帯をつかんで腰を引き寄せながら、ぐいっ、ぐいっと体内にめり込ませる。

「あっ、あっ、あっ……」

蓉子は突かれるままに身を揺らし、陶酔したような声をあげている。

強く打ち込むと、扁桃腺のような粘膜のふくらみが亀頭冠にまとわりついてきて、一気に高まった。

「ぁああ、ぁああ……イク……イクわ」

蓉子が前に伸ばした手指で、畳を引っ掻いた。

(この人とともに、昇りつめたい)

思いを込めて、叩き込んだ。

「ぁああ、ちょうだい。一緒に……！」

「蓉子さん、蓉子……うおおぉぉ」

「あんっ、あん、あんっ……ぁあああ、イクぅ……やぁああぁぁぁぁぁ、はうっ！」

声を押し殺しながらも蓉子は凄絶に喘ぎ、そして、がくん、がくんと躍りあがった。

「蓉子……！」

名前を呼んで奥まで突き入れたとき、恒平も男液を放っていた。

ツーンとした快感が頭の天辺まで貫き、間欠泉のように噴出するたびに脳味噌が蕩けた。

全身に稲妻が走りぬけて、尻が勝手に震えている。魂までもが流れ出していくようだ。

出し尽くしたときには、からっぽになっていた。

力なく前に突っ伏していく蓉子を追って、恒平も折り重なっていく。

息を弾ませながら前を見ると、照明に浮かびあがった白い蓮の花が目に飛び込んできて、自分は涅槃《ねはん》にいるのかとさえ思った。

＊　　＊

恒平は蓉子との契りを心に秘めたまま、悶々とした日々を送っていた。

あれ以来、蓉子とは連絡が取れなくなっていた。

梶井崇に関するスキャンダルやビジネス上の変化はないか、とインターネットや新聞、雑誌に気を配っていたが、梶井関連の新しい情報はなかった。

(どうしたんだろう？　梶井を失脚させるんじゃなかったのか？　だいたいなぜ連絡がつかないんだ？)

恒平は蓉子の心の支えになると誓い、できることなら何でもするという約束をした。

蓉子から聞いた情報を元にもう少し取材をすれば、梶井をスキャンダルに巻き込むくらいの記事は書けるはずだ。

日影茶屋に出かけていっても、蓉子も梶井も詠美も姿を見せない。

切歯扼腕《せっしやくわん》しながらも、ある雑誌から頼まれた薬害について調べていたその日、蓉子からケータイに電話があった。

「どうしたんだ？　何も起こらないじゃないか？　それに、なぜ連絡をくれないんだ？」

焦燥感が言葉を荒くしていた。

『小出さんには謝らないといけないことがあります』

いやな予感が脳裏をかすめた。

『ゴメンなさい。また、梶井とやり直すことにしました。だから、これまでのことは忘れてください』

「……抱かれたんだな、梶井に」

『……わたしには、あの人が必要なんです。梶井がどんなにひどい男であっても、忘れられない』

「梶井は詠美と別れたのか?」

『いえ……』

「だったら、なぜ?」

『じつは、わたしも人妻なんですよ。夫とはとうの昔に終わっていますが』

「えっ……」

絶句していた。まさかの事実を突きつけられて、言葉が出てこない。

『人は、ある人を好きだという気持ちは抑えられません。好きという感情は制度を超えるのです。そう思いませんか? 小出さんだってそうでしょ?』

確かに、自分は妻がいながら、蓉子に心と体を奪われていた。

『あなたにはいくら感謝の言葉を重ねても足りません。ありがとう、そして、さようなら』

そう言い残して、電話が切れた。

愕然として、恒平は仕事場の椅子にへたり込んだ。

(そう言えば、海に落ちたあの日傘はどうなったのだろう?)

唐突に、海面にたゆたっていた日傘のことが脳裏に浮かんだ。

と、日傘が白い蓮の花に変わり、恒平はそれがどういうことかつかめないまま、秋めいてきた蒼穹《そうきゆう》を眺めつづけていた。

葉月

無花果の女

1

昭和三十九年、二カ月後に東京オリンピックを控えた夏休み——。

カナカナカナ……夕暮れになって鳴きはじめたヒグラシの鳴き声を聞きながら、吉岡守男《よしおかもりお》は五右衛門風呂の踏み板を足で慎重に沈めていた。

小さい頃はこの底板が途中で引っ繰り返って、熱くなった鉄底に触れてしまい、火傷をしたこともある。だが、守男もすでに高校三年生、そんなドジはしない。

ザザッとお湯を木製の丸い風呂桶からあふれさせて肩までつかり、祖父がやるように「ウハッ」と声を出す。しばらくすると、ヒグラシの物悲しげな鳴き声に混ざって、女の鼻歌が聞こえてきた。

裏の借家に住む長谷部《はせべ》さんちの昭子《あきこ》さんだ。その透明感ある歌声を耳にしただけで、胸だけでなく下半身も甘く疼いてしまう。

裏の家とうちの風呂場は生け垣を挟んでいるものの、二メートルほどの距離でほぼ面しており、すりガラスを通して、時々、昭子さんの肌色のシルエットを目にすることができた。

(今日はどうだろう？)

守男は静かに風呂桶を出て、窓をそっと数センチ開ける。

目を凝らしたそのとき、突然、風呂場の窓ガラスが開け放たれ、守男はとっさに首を引っ込める。

(覗きがばれて、怒られるのだろうか？)

じっと息を潜めていると、昭子さんがまた歌いはじめた。今度は『高校三年生』だ。去年ヒットした曲で、舟木一夫のデビュー曲でもある。

昭子さんは上機嫌で歌っている。どうやら、気づいてないようで、ほっとした。

守男も舟木一夫は好きだ。一緒に歌いたくなって口ずさみかけ、いやダメだ、ばれてしまうと、声を呑み込んだ。

そのとき突然、歌声がやんだ。どうしたんだろう。おずおずと首を伸ばすと――、

目が潰れるんじゃないかと思った。

開け放たれた窓から、洗い場に屈んで髪を洗っている昭子さんの後ろ姿が目に飛び込んできた。

濡れた長い黒髪にシャンプーをまぶし、指を差し込んで丁寧に洗っている。木の椅子に置かれた尻は俗に言う安産型で、その尻の割れ目が見えたとき、守男のペニスは一瞬にして硬化した。

これまで彼女を想って、何度オナニーしたことだろう。

三年前、裏の家の磯貝《いそがい》さんが引っ越して、夫婦が入居してきた。引っ越し蕎麦を持って挨拶にやってきた昭子さんを見て、その清楚な美しさに心臓がばくついた。そのとき、昭子さんは二十一歳で旦那の武志《たけし》さんは確か三十三歳だったと思う。

武志さんはやたら体格のいい人で、赤銅色に焼けているのは、土木建築の仕事をしているせいだが、酒焼けではないかという噂もあった。

聞いた話によれば、昭子さんの父は太平洋戦争に出兵して戦死し、母が女手ひとつで彼女を育ててきたらしいのだ。

昭子さんは高校を卒業して、紡績会社に勤めていたが、母を少しでも楽にさせてあげたいと、武志さんと結婚。その後、母は亡くなって、二人でこの土地にやってきたのだという。

二人が引っ越してきてしばらく守男を悩ませたのは、裏の家から聞こえる、糸を引くようにすすり泣く喘ぎ声だった。そしてそれは時々悲鳴に近いものになり、実際に武志さんがかなり乱暴なことをしているという噂もあった。

だが、その喘ぎ声も残念ながら今は聞こえない。一年半前に、武志さんが東京オリンピックの施設造りに駆り出されて東京に行ったからだ。彼の勤める会社が大手建設会社の下請けをやっており、武志さんも競技場や道路拡張などの突貫工事に携わっているらしかった。

でももしそうなら、もうとっくに工事は終わっているはずで、帰ってこないのはおかしかった。

四角い窓の向こうで、昭子さんの片手が伸びるのが見えた。長くしなやかな腕が、風呂桶から手桶で汲んだお湯を、髪にかけてシャンプーを洗い流す。

半身になるたびに形のいい乳房を横から見ることになり、充実したふくらみの頂にツンと上を向いた、赤く色づいた乳首が目に飛び込んできた。

乳房のふくらみだけを見るのと、乳首が見えるのとでは全然違うのだと思った。見てはいけない秘密を覗いているような気がして、頭の芯が昂奮でカッカしてきた。

昭子さんはお湯のしたたる髪を顔の横に垂らし、手でつかんでぎゅっと絞った。それから、いきなり立ちあがって、こちらに向かって歩いてきた。アッと思った次の瞬間、窓がピシャリと閉められ、守男の幸福な時間も終わった。それでも、守男は猛りたつものをしごきつづけた。

一瞬しか見ることはできなかったが、昭子さんの一糸まとわぬ姿が目に焼きついていた。

カナカナカナ、カナ……。ヒグラシの鳴き声が途切れたとき、守男は熱い樹液を壁に向かって放っていた。

2

その日、昭子さんから「うちの無花果《いちじく》を食べにいらっしゃい」と招待されて、守男は嬉々として裏の家を訪ねた。

長谷部さんちの庭には、磯貝さんが残していった無花果の木があり、毎年美味しい実がなる。

一昨年までは、武志さんが高いところになった実を採っていたが、昨年からは守男が代わりをしている。低いところは昭子さんが採れるだろうから、守男は台を使って手を一杯に伸ばし、紫色に熟している実をもぐ。

昭子さんは、今年流行りのノースリーブの白いブラウスを着ていて、ぎりぎり届くところの無花果に手を伸ばす。細い二の腕とともに無防備な腋がさらけだされ、そして、昭子さんがもいだ無花果の尖った部分からは、白い乳液のようなものが流れ出して、守男はそれを昭子さんの母乳か自分の精液のように感じて、ひどくあたふたしてしまうのだ。

採れたての無花果で一杯になったお盆を持って、昭子さんは、

「守男さん、一緒に食べよ。いらっしゃい」

と、古い平屋に守男を招く。

そして二人は庭に面した縁側で、油蟬の煩い鳴き声を聞きながら、収穫したばかりの無花果を食べる。

開襟シャツに黒いズボン、坊主頭の守男は縁側で胡座をかいて、

「いただきます」

と、紫色に熟した果実にしゃぶりついた。

面倒なので皮など剝かない。どう見ても肛門としか思えない真ん中の窪みに指を入れて二つに割り、なかの実に貪りつく。

それを微笑ましいものでも見るように眺めていた昭子さんが、

「じゃあ、お行儀悪いけど、わたしも……」

と、無花果の肛門に細く長い指を添えて、二つに割った片方に口を寄せた。

赤と白の入り混じった内部の粒々を頬張って嚙んで吞み込み、残った部分は皮を裏返すようにして舌でこそげとっていく。

それは、清楚な感じの昭子さんとはイメージが違う、大胆で本能を剝き出しにした食べ方であり、微笑む際にはきゅっと吊りあがる口角に果汁が付着していた。

「こうやって食べたほうが美味しいわね。もうひとついただこうかしら」

そう言ったとき、彼女の口のなかに見えた無花果の赤い残骸が、守男を居ても立ってもいられないような気持ちにさせた。

先日、風呂場を覗いたときに目にした乳首と同じで、自分は昭子さんの見てはいけない部分を目撃してしまった――。

きっと、守男はひどく動揺していたのだろう。三つ目の無花果を半分に割ったとき、片方の実が手からぽろりとこぼれた。胸元を転がるようにして最終的には縁側に落ちた実が、白い開襟シャツに点々とした果汁を付着させていた。

「あらっ、果汁って落ちにくいのよ。脱いで。洗うから」

「いや、いいですよ、そんな。俺の失敗ですから」

「わたしがお母さんに怒られちゃう。いいから、脱ぎなさい」

こういうとき、なぜ女の人は怖いのだろうか？　守男は言われたようにシャツを脱ぐ。下着はつけていないので、貧弱な上半身がかなり恥ずかしい。

昭子さんはシャツを持って消え、しばらくして戻ってきた。

「洗ってシミ取りをしたから、乾くまで少し時間がかかるわね。いらっしゃい」

後をついていくと、昭子さんは和室の箪笥の前で立ち止まり、なかから白いランニングシャツを取り出した。

「うちの人のものだけど、乾くまで裸ってわけにもいかないものね」

「いや、いいです」

「いやなの？」

「いやって訳じゃないけど……」

「じゃあ、着て」

守男は、好きな女の夫の下着を身につけるのがいやだったけれど、渡されたシャツを、渋々頭からかぶった。やはり、想像どおりでかなり大きい。

「ここのほうが日陰で涼しいわね。乾くまで昼寝でもしましょうか」

昭子さんが思わぬことを言った。

「えっ？　でも……」

「昨夜は暑かったでしょ。あまり眠れなくて……無花果を食べたら眠くなっちゃった。守男さんは忙しい？」

「いや、暇です」

「だったら、いいじゃない。平気よ。みんなには内緒にするから」

そうか、これは秘密にしなくてはいけないことなのだ——。

昭子さんは押入れから布団を出して手際よく敷き、黒い旧式の扇風機をかけて、守男を手招いた。

「いらっしゃい」

守男がおずおずと布団に座ると、昭子さんが覆いかぶさってきた。

「あの人の匂いがする。下着っていくら洗っても、その人の体臭が染みついちゃうのね」

懐かしそうにランニングシャツの胸元に頬を擦りつけてくる。

だが、守男が感じた体臭は昭子さんのものだった。男とは全然違う、どこか甘く、やさしい女の匂いだった。

昭子さんは胸に顔を載せたまま動かない。

「あの……」

「なあに？」

「武志さんは、まだ帰らないんですか？」

そのとき守男はまだ子供で、自分が残酷なことを訊いているのに気づかなかった。

「……そうね、まだ帰らないみたいよ」

「でも、オリンピックまでもうひと月ですよ。だいたいの工事って、もう終わってるんじゃないですか？」

「最後の仕上げが残っているところもあるのよ。そんなこと、きみが気にする必要はないわ」

まるで話を逸らそうとでもいうように、昭子さんが言った。

「守男さん、大学はどうするの？」

「行かないですよ。うちは兄貴が大学行ってるから、僕はいいんです。工業系の高校だし、就職します」

「そう……これからは大学に行っておいたほうがいいと思うけどな」

「だいたい頭悪いから、無理です。父は戦時中も零戦のエンジン造ってて、出征を免れたみたいで……うちは代々、物造りの家系なんですよ。僕も、真空管使って自分でラジオ作るのが好きで……」

「真空管か……ふふっ、きみのそこも真空管みたいになってるわよ」

昭子さんの手がズボンの股間に触れた。そこは、まさに真空管のように勃起していて、そこをこんなにしながら、自分の進路を滔々と語っていたのだと思うと、恥ずかしくて消え入りたくなった。

昭子さんがカチカチのものをズボンの上からさすりながら言った。

「この前、わたしがお風呂に入っているところ、覗いていたでしょ？」

「あっ、いや……あれは……」

「あれは……何？」

「偶然、ただ……うっ！」

歯を食いしばっていた。昭子さんが勃起をぎゅっと握ってきたのだ。

「いけない子ね。白状なさい」

「すみません。覗いてました。ゴメンなさい」

「今も、ここをカチカチにして……わたしの身体に興味がある？」

あるに決まっている。だが、そんなこと口が裂けても言えない。

「ふふっ、責めてるわけじゃないのよ。もう十八なんだもの。異性を知りたくなるのは当然よ。むしろ、興味を持たないほうがおかしいと思うわ」

昭子さんはズボンのベルトを外して、なかに手を差し込んできた。じかにあれを握られて、心臓も体もビクッと震えあがった。

女の人にペニスを触られるのは初めてだ。そもそも男子校だったせいもあって、女の人の手を握ったことさえなかった。

昭子さんは、ズボンの締めつけに逆らっていきりたつものを腕全体を使って上下に擦りながら、それがもたらす効果を推し量っているように守男を見ている。

ふっと口許をほころばせ、ランニングシャツをまくって、胸板に接吻してきた。くすぐったいような心地よさを感じながらも、コンプレックスに苛まれてもいた。武志さんは分厚い逞しい胸をしているから、きっと貧弱だと思っているに違いないのだ。

昭子さんが胸に顔を接したまま思わぬことを言った。

「ほんとうはね、うちの人、東京に女がいるのよ。もうとっくに工事は終わっているの。彼はわたしにウソをついてる。オリンピックが始まったら、工事も終わるから帰ってくるって……」

何か言わなくてはと思うものの、適切な言葉を思いつかない。

「でも、わたしは彼のウソを信じたいの。彼が気の迷いを脱して、わたしのもとに帰ってくることを……」

昭子さんは自分に言い聞かせるように言って、下半身のほうにまわった。ズボンの両側に手をかけ、トランクスとともに一気に引きおろした。

そして、子供のオシメを替えるように足をあげさせて無造作に抜き取り、臍に向かっていきりたつ肉柱を握って、ゆるゆると上下に擦りはじめた。

夢を見ているようだった。憧れのマドンナであり、オナペットでもある昭子さんがペニスをしごいてくれているのだ。

ジンとした痺れにも似た快感が一気にひろがり、それが逆にこんなに気持ちのいいことをされていいのかという罪悪感をあおって、馬鹿なことを訊いていた。

「武志さんを待ってるんでしょ？　いいんですか？」

言ってしまって、しまったと思った。だが、昭子さんは、

「道徳で習うみたいなことを言うのね……男と女は理性で割り切れるものじゃないのよ。それに、女だって止むに止まれぬ状態になることがあるの。男と一緒

……」

説くように言って、顔を股間に寄せてくる。

「うっ……!」

温かく、ぬるっとしたものに勃起を包み込まれていた。

自分は未知の体験をしている。これまで味わったことのない地帯に足を踏み入れている――。

思わず目を閉じると、瞼の裏にさっき食べた無花果が浮かびあがった。枝から千切ったときに分泌されるあの白い乳液、昭子さんが舌でこそぎ落とすように無花果を食べたときに、舌に載っていた赤と白の粒々。そして、やや青臭く、それでいて甘酸っぱい喩えようのない味覚――。

昭子さんが静かに顔を上下に振りはじめた。最初はつらいような、思わず身を引きたくなるようなへんな気分だった。

だが、慣れるにつれて、甘く蕩けるような感覚が押し寄せてきて、同時にどんどん力が漲るような悦びがひろがる。

守男は足を突っ張らせながら、下半身のほうを見た。

かるくパーマのかかった長い黒髪が顔の左右に垂れ落ちて、ふっくらとしてどこか肉感的な唇が、濡れ光る肉の柱にからみつきながら、すべり動いている。

(信じられない。俺は今、あの昭子さんに……！)

動きが少しずつ速くなるにつれて、熱いものがぐわっとひろがってきた。

「ううう……ダメだ。出ちゃう」

思わず訴えると、昭子さんは勃起を吐き出し、

「いいのよ。口のなかに出しても……我慢しなくていいわ」

そう言って、また頬張ってきた。

「んっ……んっ……んっ……」

とリズミカルに唇がすべると、もう耐えられなかった。自然に腰がせりあがり、自分から腰を打ち振っていた。甘い逼迫感が急速にふくらんで、

「うっ……！」

下半身が爆発したような放出感が全身を貫く。

自分の手でするのとはまったく違って、体が蕩けていくみたいな快感に、腰が勝手に突きあがりながら震えている。

脳味噌がぐずぐずになるような放出を終えると、昭子さんは口に溜まっている液体をこくっと控えめに喉を鳴らして呑み込んだ。

信じられなかった。あのどろっとした青臭いものを、美味しそうに呑んでくれたのだ。

口角にはみだした白濁液を指で拭って、昭子さんが身を寄せてきた。坊主頭をやさしく撫でながら言った。

「このこと、誰にも言っちゃダメよ。大丈夫よね」

「はい、絶対に言いません」

そう答える守男の下半身には、いまだに甘ったるい快感が残っていた。

全身にかいた汗がなかなか退いていかなかった。旧式の扇風機は音が煩いわりには、風がこなかった。

「シャツが乾いたか、見てくるわね」

昭子さんが立ちあがって、部屋を出ていく。歩を進めるたびに引き締まる流線型のふくら脛が、網膜に焼きついた。

3

東京オリンピックの開会式が行われる十月十日は土曜日だった。守男は学校を終えると、家に飛んで帰り、そのまま裏の家に駆け込んだ。

守男の家はまだ白黒テレビだったが、長谷部さんちは半月ほど前にカラーテレビに替えていた。「開会式をカラーで見たいから」と言えば、母も裏の家に行くことに反対はできなかった。

「早く、早く。もう、選手入場が始まってるわよ」

昭子さんに手招きされて、守男は居間に入っていく。絨毯の敷かれた和室のコーナーに、脚付きのテレビが置いてあって、守男は座卓の前の昭子さんの隣に座った。

そして、守男はブラウン管に映った色彩の饗宴に圧倒された。カラーと白黒とは全然違った。

国立競技場の芝生の鮮やかなグリーン、アンツーカートラックの煉瓦色、そこを行進する各国選手団が身につけた様々な色のブレザー。そして、秋晴れの青々とした空——。

「この国は二十年前には敗戦に打ちひしがれていたのよ。何だか、信じられないわね」

昭子さんが溜息とともに呟いた。

戦後生まれの守男に直接の戦争体験はない。だが、この国がものすごいスピードで敗戦から立ち直っているのはわかる。

アメリカ選手団の後に、ソ連がつづき、そして、最後は白いズボンとスカートに赤いブレザーを着た日本選手団が入ってきた。

その大選手団が一糸乱れぬ様子で行進しているのを見て、守男は自分が日本人であることを誇りに感じて、胸が熱くなった。

選手入場が終わり、挨拶があって開会宣言が行われ、ファンファーレが鳴り響き、しばらくして聖火が点火されて、聖火台が燃え盛った。

最後にジェット機が上空に五つの輪を描いて、東京オリンピックの開会式は終わった。

その様子を食い入るように見ていた二人は、選手団が退場していき、開会式が無事に終わって、まるで自分たちが主催者であるかのようにほっと胸を撫でおろすのだった。

テレビはまだ開会式を振り返って——という番組をつづけている。

そして、祭りの後の寂しさが二人を覆い尽くしていた。昭子さんが急に無口になった理由を、守男は知っている。

「……武志さん、帰ってこなかったんですね」

「……ウソはウソのまま終わったってことね。甘かったんだわ」

昭子さんはきゅっと唇を嚙みしめて、守男を見た。

「開会式は終わったけど、もう少しいてもらえる？」

「はい、もちろん」

昭子さんは立ちあがって、テレビのスイッチを切ると、守男の手を引き、居間を出た。

連れて行かれたのは、この前の和室だった。カーテンが閉められていて、昭子さんが電灯のスイッチをひねると、和室に敷かれた一組の布団が電球の灯りに煌々と浮かびあがった。

「守男さんも、服を脱いで」

淡々と言って、昭子さんは後ろを向き、長袖に手をかけ、さらにスカートをおろす。

ベージュのスリップが現れるのを見ながら、守男もあわててシャツとズボンを脱いだ。胸がはち切れそうだった。

武志さんが帰ってきていたら、きっとこうはならなかっただろう。複雑な心境ではあるけれど、しかし、途中から守男はそれを願っていたのだ。

ベージュのスリップに包まれた女体は、静電気で布地が貼りついた太腿の丸みと股間の窪みが生々しくて、トランクスを勃起が持ちあげてしまう。昭子さんが布団に横座りして手招いた。

「いらっしゃい」

布団に座ると、昭子さんが守男を布団に押し倒すようにして、覆いかぶさってきた。

垂れ落ちる黒髪の中心に、昭子さんの優美な顔があって、大きな瞳が守男の気持ちを推し量ろうとでもするように煌めいて、唇が動いた。

「守男さんは、わたしの男になれる？」

「……あ、ああ」

「大変よ。それでも、いい？」

「ああ、なるよ。できるさ」

自分は童貞であるし、正直なところ自信はない。だが、そう答えるしかないではないか。

「ありがとう。その気持ちがうれしいわ」

昭子さんは守男の頭を撫でてから、もう一度何かを確かめるように守男の目のなかを覗き込んできた。

それから、顔を寄せて唇を合わせてくる。柔らかな唇が押しつけられ、温かくひそやかな吐息がかかった。

昭子さんは舌を押し込んだりしないで、キスを顎から首すじへとおろしていく。すごくやさしい感触で、唇が触れている箇所からぞわっとしたものがひろがってくる。まるで無数の虫が皮膚の上をぞろぞろと這いまわっているようだ。

そうしながら、昭子さんはトランクスの上から肉茎をさすってくれた。それが一段と力を漲らせ、下腹部の突っ張りに甘美な気持ちが集まっていく。

もっと強く触ってほしい。擦ってほしいという欲求が高まり、自分から腰を突きあげていた。

「あらあら、いやらしい腰ね」

昭子さんは微笑みながら、トランクス越しに唇をちゅっ、ちゅっと押しつけてくる。それから舐めてきた。

濡れている舌が、ギンと張りつめた勃起をなぞり、唾液が沁み込んできて、じかに触ってほしくなる。

次の瞬間、トランクスの横から指がすべり込んできた。いきりたつものを握ら

れて、

「うっ……！」

思わず腰を浮かせていた。

「守男さんのココ、カチカチね。そんなに昭子が欲しかった？」

昭子さんがしごきながら、訊いてくる。

「はい。もう何度も昭子さんを思って、自分でしました」

「ありがとう、うれしいわ……で、どんなことを想像してするの？」

瞳を輝かせながらも、昭子さんは包皮を亀頭冠にぶつけるようにしごいてくる。

「まだ、したことがないから、はっきりわかりません。ただ、昭子さんのオッパイとか思い出して、フェラチオされたこととか……ぅうぅぅ」

速いピッチで大きく擦られて、守男は答えられなくなる。昭子さんが言った。

「男の人はね、寝ているだけではダメなのよ。女の人を悦ばせなくては。できる？」

「ええ、やってみます」

昭子さんが仰向けに寝転んで、守男が上になった。

つやつやの黒髪が扇状に散り、スリップの肩紐の片方が二の腕に落ちていた。

そして、ブラジャーはつけていないのか、ベージュのすべすべの布から乳房のふくらみとともに突起が浮きあがっている。

涙堂のふくらんだ二重の目が、守男に向けられ、いいのよ、して——とでもいうように訴えかけている。

守男はおずおずと片方の乳房をつかみ、揉んだ。指に接した、柔らかく豊かな肉の塊が形を変えながらまとわりついてきて、

「ぁあぁ……ぁあうぅぅ、いいの。感じる」

昭子さんが大きく顔をのけぞらせた。

(ああ、この声だ。武志さんがいるときに聞こえてきたあの悩ましい声……)

スリップ越しに乳首にしゃぶりついていた。布地越しでも硬くなっているとわかる突起を吸いながら、乳房を揉みしだくと、

「あっ……あっ……感じる。ほんとうに感じるのよ」

昭子さんは顎をせりあげながらも、坊主頭を撫でてくる。

その手が、守男の右手首をつかんで、押しさげていく。

導かれたスリップの内側には、木綿のズロースの感触があり、そこに指を置くと、ぷっくりした肉土手の真ん中が深々と切れ込んでいるのがわかる。

「いいのよ、触って」

そろり、そろりと指を尺取り虫みたいに谷間に這わせると、

「ぁああ、そこ……」

昭子さんがぐぐっと下腹部をせりあげた。渓谷がどんどん湿ってきて、

「ああ、いや……腰が動いちゃう。守男さん、軽蔑しないでね」

恥ずかしそうに言いながらも、昭子さんは愛液が沁み出てきた下腹部をこらえきれないとでもいうようにせりあげるのだ。

4

「ありがとう。今度は、守男さんが下になって」

昭子は身体を起こすと、守男のトランクスを脱がして、自分もベージュのズロースを足先から抜き取った。

それから、守男を仰向けに寝かせ、尻をこちらに向けてまたがってきた。守男のいきりたつものを頬張って、ゆったりと顔を振りはじめる。

(ああ、こんなことまで!)

勃起が温かい口のなかで蕩けながら、ますますいきりたっていく。そして、目

の前にはスリップからこぼれた大きな尻が突き出されているのだ。

（こんなになっているのか……）

生まれて初めてじっくりと見る女性器は、ぷっくりとした左右の肉土手の間に、鶏頭の花に似たビラビラした襞があり、その狭間に赤い粘膜がひろがっていて、それは二人で食べた無花果の内部を思わせた。

赤い実がとろっとした乳液を垂らして、いやらしくぬめ光っている。思わずしゃぶりついていた。

そこは無花果の茎を折ったときに出てくる乳液よりももっとぬるぬるで、舌を往復させると、

「ぁあぁぁ……いい。どうしようもなくいいの……いやだわ、わたし……いやよ、こんなのいやよ……あうぅぅぅ」

顔をあげた昭子さんは、いやと言いながらも、もっととばかりに濡れた溝を押しつけてくるのだ。

もう長い間、武志さんとしていないから、身体が満たされていないのだと思った。だって二人は、あんなに激しいセックスをしていたのだから……。

おびただしい果汁をこぼす女の実をしゃぶり、下のほうの小さな肉芽にも舌を

届かせた。

「ぁああ、もうダメっ……」

昭子さんが腰を浮かせ、こちらを向いてまたがってきた。スリップをまくりあげて足をM字に開き、黒々とした翳りの底に勃起を導いた。

とろんとした目で守男を見ながら、腰を沈めてくる。カチカチの肉棹が誘い込まれるように、一気に嵌まり込み、

「ぁうぅぅ……」

昭子さんが上体を真っ直ぐに立てて、顎を突きあげた。

（ああ、これが女の人の……）

なかはぐにぐにと柔らかい。そして、全体が生き物のように波打ち、うごめいて、その温かさと適度な締めつけ具合がすごく気持ちいい。

（僕は男になった。しかも、相手は昭子さんだ）

昭子さんも感じているのか、顔をのけぞらせて、唇を震わせている。両方の肩紐が外れて二の腕に落ち、乳房がなかばのぞいて、ココア色の乳暈までもが見え隠れしていた。

それから、昭子さんはスリップに手をかけて剝くようにして、首から抜き取っ

ていく。

いったんあがった黒髪が枝垂れ落ち、乳房がぷるんっとこぼれでた。たわわなふくらみは血管の青さが透け出るほどに薄く張りつめていて、ピンクがかった乳首が可哀相なほどにしこって、せりだしている。

「この前、風呂場で見たから、珍しくないでしょ？」

昭子さんは艶かしい目を向け、腰を揺すりはじめた。腹に手をついて、腰を前後に鋭角に振って、

「ぁああ、いいの、いい……」

心底気持ち良さそうな声をあげる。

「いやよ、いや……止まらない。腰が止まらない」

何かにとり憑かれたように、いっそう激しく腰を打ち振っては、顎をせりあげる。

乱れた髪が顔や肩にほつれつき、ととのった顔は紅潮して、色白の肌も桜色に染まっていて、色っぽいだけでなく美しい。

こんなにきれいなのに、貪欲なほどに女の歓びを得ようとする。これが女の人なのだと思った。

それから、昭子さんは後ろに手をついて、のけぞるようにして腰をしゃくりあげた。

密生した恥毛の底に、自分の肉棹が吸い込まれ、吐き出される。無花果の乳液のような白濁した愛液が肉茎を伝って、守男の少ない陰毛にまでしたたっている。

「どう、気持ちいい？」

昭子さんが訊いてくる。細められた目はどこかぼぅとして、潤み、きらきらと光っている。

「はい……天国です」

「わたしも天国に行きたいわ。一緒に行こうね」

そう言って、昭子さんは真っ直ぐに上体を立てた。きゅっとくびれた腰から下をくいっ、くいっと鋭角に打ち振って、

「ああ、いい……イキそうよ。オッパイを……」

守男の手を乳房に導いた。

たわわな弾力を伝えてくる豊かなふくらみを揉みしだきながら、守男も本能的に腰を突きあげていた。

「ああ、いい……それよ。突いて、昭子をメチャクチャにして」

押し寄せてくる怒濤のような快感のなかで、守男は歯を食いしばって腰をせりあげる。

「あんっ、あんっ、あんっ……イク……イッちゃう」

ペニスが蕩けていくような快感をこらえて、ぐいっと撥ねあげたとき、ふいに溶岩流のように熱いものが迸った。

こういうのを目眩く瞬間と言うのだろうか。

発作を起こす分身を、昭子さんの体内が痙攣しながら包み込んできて、残っていた精液が搾り取られていく。その気持ち良さといったら、世の中にこれ以上のものがあるとは思えないほどだ。

昭子さんがぐったりとして覆いかぶさってきた。

汗ばんだ肌とその重さが、守男が男になった歓びをいっそう伝えてくるのだった。

5

東京オリンピックの行われた二週の間、守男は昭子さんのところに通いつづけた。

両親には「女性のひとり住まいに足繁く通うのはよしなさい」と釘を刺されたが、守男は、「オリンピックをカラーで見たいから」と反対を押し切って、平日でも夕食後に長谷部家に駆けつけた。

我が日本は、予想以上のメダルラッシュに湧いた。昭子さんは紡績会社に勤めていたこともあって、日紡貝塚の選手を主体にした女子バレーボールに夢中になり、東洋の魔女が回転レシーブを駆使し、ソ連を破って優勝したときは、涙を流して喜んでいた。

守男は重量挙げの三宅選手の金メダルに感涙し、マラソンで最後に抜かれて銅メダルになった円谷選手の姿に悔し涙を流したものの、もっとも興味を惹かれたのは、体操の花、ベラ・チャスラフスカ選手で、彼女の演技を見ながらあそこを硬くしていると、昭子さんにからかわれた。

そして、東京オリンピックの開催中、守男はアソコが擦れて痛くなるほどに、昭子さんとセックスをした。

まだ十八歳で、しかも高校生。

裏の家の人妻とのセックスが許されないことなのはわかっている。だが、武志さんはいまだに帰ってこず、守男は昭子さんが大好きで、したがってこれはごく自然な成り行きであり、何より誰かに迷惑をかけているわけでもないのだ。

　テレビを見終えると、昭子さんは東洋の魔女になりきって、ズロース姿で布団の上で回転レシーブの真似をする。守男は鬼コーチの真似《まね》をして「そんなことでソ連に勝てるか」と叱咤し、最後には組み敷いて、セックスになだれ込むのだった。

　そして、閉会式の行われた夜も、守男は長谷部家にいて、各国の選手が列を崩して、入り乱れ、肩を組むという感動的なシーンを、昭子さんとともに見ていた。その自由な光景に感化されたこともあって、二人はいつの間にか、テレビの前で戯れ合っていた。

　絨毯の上に寝転んで、上になったり下になったり。いつものように主導権を握っているのは昭子さんだった。

　守男は選手の真似をしてはしゃぎ、裸になり、昭子さんは黒のスリップ姿で守男に抱きつき、キスをし、勃起をいじってくる。

　閉会式がクライマックスを迎えた頃には、二人の昂奮も高まり、

「ねえ、後ろからして」

　昭子さんが絨毯に四つん這いになった。

守男は後ろにまわって、スリップをめくりあげ、いきりたつものを打ち込んだ。

この頃には昭子さんが多少乱暴に扱われたほうが感じることがわかっていた。

お尻を叩く真似をしながら、強く打ち込むと、

「あんっ……あんっ……あんっ」

昭子さんは髪を振り乱し、背中をしならせながらも、もっととせがんでくる。

テレビの画面では、最後に入場していた日本選手団に各国の選手が追いついて、旗手を肩車し、アナウンサーが「これが世界の平和でありましょうか」と声を張りあげている。

そして、二人はカラーテレビの感動的な映像を見ながら、獣のように繋がっていた。

「へーシンクとチャスラフスカだ」

馬鹿なことを言いながら、猛烈に後ろから打ち込むと、

「あっ、ぁあああ、カミング、カミング」

昭子さんも悪乗りして、英語で喘ぐ。もう少しで射精というとき、玄関のドアがドン、ドン、ドンと乱暴に叩かれ、

「俺だ。開けてくれ」

男の野太い声が居間にも聞こえてきた。

昭子さんがハッとしたように動きを止め、

「あの人だわ。帰ってきたんだわ」

低い声で言った。腰をひねって、結合を解き、

「待っててください。すぐに出ますから」

声を張りあげた。その口調には隠し切れない喜びが滲んでいた。

昭子さんは守男に衣類を持たせ、裏口に導くと、

「わたしたち、何もなかったことにしようね、ゴメンね。でも、楽しかった。守男さんのことは絶対に忘れない」

守男を強く抱きしめ、身体を離して、バタバタと玄関に向かって走っていく。

裏口を出たところで、守男は急いで服を着た。それから、我が家に向かってとぼとぼと歩きはじめた。

神無月

城ヶ島の恋

1

十月下旬の秋晴れの日、斎藤浩市《さいとうこういち》は城ヶ島《じょうがしま》公園の入口で女を待っていた。とても大切な人だった。だが、一方的に誘ったのだから、彼女が来るという保証はどこにもない。

待ち合わせの時刻を過ぎて諦めかけたとき、タクシーが停まり、和服の女が降りてきた。

小紋の着物にあしらわれた深い赤の紅葉が、澄み渡った秋空の青のなかで舞っているようだった。

ボブの黒髪を真ん中で分けた永澤千鶴《ながさわちづる》が、浩市を認めて、口許にうっすらとした笑みを浮かべた。

「ありがとう。来てくれて」

浩市はお礼を言って、千鶴がタクシーから降ろしたキャリーバッグを、自分が乗ってきた車のトランクに仕舞い、二人で公園に入った。

「先生、まだ歩くのはお速いんですね」

右後ろについた千鶴がばたばたと草履の音を立てて、話しかけてくる。

「ああ……この歳になっても、足だけは丈夫みたいだな」

「あのときも、先生はわたしを置いていったんですよ。覚えてますか？」

「覚えてるよ、よく……」

たとえ、それが二十年も昔の出来事でも、記憶がまったく薄れないこともあるのだ。

当時浩市は四十五歳で、今思うと人生のなかでもっとも充実した時期を送っていた。

千鶴は二十歳で、浩市が教授をしていた大学の文学部の学生だった。

浩市は、斎藤ゼミのゼミ長を務める千鶴の落ち着いたなかにもどこか神秘性を感じさせる美貌と、文学的才能に惚れ込んでいた。

この子は物になるかもしれない――。

師匠と教え子の関係が、いつの間にか、男と女の愛情に変わっていった。

そして、桜が咲き誇っていた四月、この城ヶ島でひとつしかないホテルで二人は初めて身体を合わせた。千鶴は処女だったが、密会を重ねるにつれて、もともと豊かだった性の感受性を花開かせていった。

浩市は結婚して、子供もいたのだから、道ならぬ恋だった。

たぶん、驕《おご》りがあったのだ。

当時、浩市は評論の他にも、小説の翻訳本も何冊か出しており、業界でも評価を受け、学生からの人気もあった。すべてが上手くいっていて、何をしても許されるという思いがあった。

だが、あれから二十年という歳月が流れて、浩市も還暦を過ぎ、今や文学者としては完全に下り坂だった。妻も二年前に癌で亡くしていた。

しかし、どんなに年月が経過しても風化しないものがある。それを痛切に感じたのは、数ヵ月前に大学の同窓会で千鶴と再会を果たしたときだった。

十数年ぶりに顔を合わせた彼女は、四十路を迎えているはずなのにいまだ神秘的な美しさを失っていなかった。いやむしろ、熟れて、落ち着いた女の魅力を増していた。

千鶴が三十四歳のときに、同年代の実業家と結婚したことは、彼女の友人から聞いていた。

「ダンナさんのほうは大丈夫だったかい？」

「……よく訊けますね、そんなこと」

「悪いね。どうしても気になって」

「わたしがここにいるんだから、大丈夫だったんじゃないですか？」

その口調に籠もった冷やかさは、かつて、妻と別れると宣言しておきながら、結局、離婚に踏み切れなかった浩市への不信をいまだ引きずっているからなのか？　それとも、既婚者を不倫の旅に誘っておきながら、夫のことを心配する男の無神経さへの苛立ちなのだろうか？

冷たく当たったその補塡をするように、千鶴が手を繋いできた。

浩市はその冷えきった手を握りしめる。

公園を突っ切って、安房崎《あわさき》に出ると、目の前に太平洋のパノラマがひろがった。

「灯台まで行きたいわ」

「……着物じゃ難しいだろ」

「平気よ。行きましょ」

二十年前にここを訪れたときには天候が悪く、安房崎灯台までは行けなかった。

「……行ってみるか」

二人は坂道を降りていき、岩礁地帯を足元に気をつかいながら、突端へと向かう。

幾度もの地震で隆起を繰り返して出現した岩は、波状の断層面をさらして、地層が歴史を物語っている。

不規則に奇岩の並ぶ荒れた岩礁は、男でも歩くのに苦労する。だが、草履を履いた千鶴は着物の裾から長襦袢をのぞかせて、障害物をひょいひょいと乗り越えていく。

「先生、遅いわ。平坦な道は速いのに、ちょっと障害があるとダメね」

昔から、千鶴には辛辣なところがあった。

おそらく十五年前、浩市が離婚に踏み切れなかったことを、暗に非難しているのだろう。

浩市は、胸に重苦しさを感じながらも、千鶴の後を必死についていく。

小さな岩の橋を渡りきった岩礁の突端に、白いローソクのような形の灯台がそそりたっていた。

千鶴は十メートルほどの灯台を目を細めて見あげ、

「ようやく来られたわ。二十年越しの恋ね」

灯台を慈しむように撫で、細かいタイル張りの表面に頬擦りする。

そのキュートな姿に見とれていた。

灯台は巨大なペニスで、千鶴はそれにじゃれつく無邪気だが淫らな女──。

「いやだ、先生。いやらしい目をなさってる」

千鶴が眉をひそめてこちらを見た。

昔から、千鶴には心のうちをすべて見透かされてしまう。

浩市はあわてて視線を逸らし、海に目を逃がした。

城ヶ島は三浦半島の最南端にある、総面積約一平方キロメートルの、周囲を海に囲まれた小さな島で、目の前には太平洋の大海原がひろがっている。

左手には船舶の碇泊した三崎港が、右手のはるか彼方には伊豆大島が横たわっている。

足元の岩礁に波が打ちつけては白い泡を湧きたたせ、ザザーッと軽快な波音を立てて引いていく。

と、千鶴が身を寄せてきた。

浩市は来てくれて、ありがとう──という気持ちを込めて、着物の肩を抱いた。

千鶴の大きな瞳が、わたしを誘って、どうするつもりなの、と語りかけているような気がする。

「この前、大学の同窓会できみに逢った。そのとき思った。俺はなぜきみを手放してしまったんだろうって」

「だから……？」

千鶴が小首を傾げた。

「だから……二十年前、いや、十五年前の忘れ物を取り戻したいんだ」

「……ご自分のおっしゃってる意味がわかってるの？」

「……わかっているつもりだ」

「奥様を亡くして、寂しくなったから、昔の女と縁を戻したくなったんだわ。そういうのを男の身勝手と言うのよ」

「そうじゃない。俺は葉子《ようこ》と暮らしているときも、ずっときみのことを……」

「そういう言い方って、葉子さんに失礼だわ。わたしにも……両方に失礼よ」

ザザーッ、ザザーッ――。

波が足元の岩を洗う音が、いっそう大きく聞こえた。その波に足元をさらわれたように、体がぐらっと揺れた。

「危ない」

千鶴が、浩市の傾いた体を支えた。意外に強い力に驚いた。

「こんなところで身投げしないで」

「……ああ」

「戻りましょ。先生、危なっかしいわ」

千鶴が踵を返した。

ごつごつした岩礁の上を先に歩いていた千鶴が、振り返った。

「先生、歳をとったわね。よろよろしてるもの……」

着物の袖から差し伸べられた手に、浩市は必死にすがりついた。

2

その夜、夕食を終えた二人は、客室の広縁にある応接セットのソファに向かい合って座り、窓から見える夜の海を眺めていた。

ここ城ヶ島Kホテルも以前と較べると、建物全体がくすんで、設備も老朽化が進んでいた。

二人が訪れた二十年前は、観光客も多く、三崎港の水揚げも日本一を競うほどで、島は活気にあふれていた。

だが、急峻な崖や岩礁、海という自然だけが売り物で、レジャー施設がほとんどないこの島は時代に取り残された。

このホテルに来る途中でも、シャッターを降ろした店舗や、休業中の旅館が目立っていた。

かつては砲台が設置され、東京湾の要塞だったこの島も、今や見捨てられかけているのだろう。

「先生、浮かない顔をなさってるわ」

浴衣に半纏《はんてん》をはおった千鶴が、心配そうに浩市を見た。

「この島も俺と同じだと思ってね……」

千鶴が眉根を寄せた。

「つまり、用なしだってことだ。世間に必要とされずに、このまま朽《く》ちていくしかない」

浩市は現在は大学教授を辞めて、私立大学の非常勤講師をしている。

斎藤浩市の著作も考え方ももう古い、彼は過去の遺物だと噂されていることも知っている。

そのことを告げると、千鶴が近づいてきた。

いい子いい子するように、白髪が目立つ髪を撫でてくれる。それから、しゃがんで、浩市の胸板にそっと顔を埋めてきた。

「わたしの先生がそんな自虐的なことを言ってはいや。先生は先生らしくして」

「俺が俺らしくあるためにも、きみが必要なんだ。あの頃を取り戻したい」

と、千鶴が顔をあげて言った。

「女の気持ちをまったく無視なさってる。十五年も経っているのに、まだわたしの気持ちが先生に残っていると思っているの？」

「それは……わからない」

「可哀相、男の人って……女は別れた男なんか、簡単に忘れてしまうのよ。そうしないと、新しい男を愛せないから」

「きみは新しい男を愛せたのか？」

「……だから、結婚したんだわ」

「しかし……きみはここに来た。ご主人との仲が上手くいっていなくて、別居しているという話も聞いている」

千鶴は作家を目指していたが物にならず、何人かの男遍歴を重ねた後に、今の亭主と結婚した。

　つきあっている当時、浩市は密かに千鶴を〝跛行《はこう》するウサギ〟と呼んでいた。何をするにも、跳躍力はあるのだが、精神的な意味での片方の足が短いので、跳ぼうとするほどに同じところをぐるぐるとまわってしまう。

　浩市は自分が短いほうの足になって、支えてやりたかった。だが、彼女はその足で歩くことを選んだ。

　つきあうには難しい女だ。今も、実際に夫婦関係は破綻しているだろう。だが、プライドの高い千鶴は決してそれを口に出さない。

　二人の視線がぶつかり合った。

「もしまだ少しでも、俺に対する気持ちが残っているなら……」

「残ってなんかいなかったわ。でも、先生にまた恋をしたのかもしれない。たとえそうだとしても、先生はわたしにどうしろというの？　離婚させたいの？　それとも、不倫……？」

　浩市は答えられない。

　千鶴が夫と別れてくれたほうがいいに決まっている。

　だが、非常勤講師で収入の少ない自分が千鶴を養っていく自信はない。それに、たとえ一緒になっても、浩市のほうがはるかに早く死ぬ。残された人生を独りで過ごさせるのは可哀相だ。

「とにかく一回してから、考えようってこと？　そんないい加減な気持ちで、わたしを誘ったの？」

怒ったのだろうか、千鶴が立ちあがった。十畳の和室にすたすたと歩いていき、敷かれている二つの布団の一方の掛け布団を持ちあげ、まるでふて寝でもするように背中を向ける。

丸まった背中が、助けを求めているような気がした。

浩市はソファを立ち、半纏を脱ぎ、千鶴の布団に体をすべり込ませる。後ろからぴたりと貼りついて、気持ちを伝えた。

「きみを自分だけのものにしたい。ほんとうだ。だけど……」

千鶴はくるりと向き直り、それ以上は言わなくてもわかっているとでもいうように、立てた人差し指を浩市の唇に押し当てた。

それから、上下の唇の感触を確かめるように撫でていたが、やがて、下唇の内側に指を入れて粘膜をぬるぬるとなぞる。

そうしながら、千鶴は口許に笑みを浮かべている。

十五年前と変わっていないのだと思った。あのときも、その猫の目のようにくるくる変わる態度に翻弄された。

どうなっているんだ、と見えない本心にとまどいながら、時には怒りさえ覚えながらも、浩市は彼女の奔放さに魅了された。

今も、千鶴の本心をつかめない。

千鶴は浩市を仰向けにさせると、またがってきた。馬乗りになって、半纏を脱ぎ捨て、浩市の両手を頭上で押さえつける。

じっと上から、二重瞼の大きな目で見つめられると、浩市は小さな動物のように射すくめられてしまう。

「あのとき、先生はわたしをこうしていたのよ。自分がしたことを覚えています?」

「……ああ」

「先生はわたしの身も心も力ずくで押さえつけて、自分のものになさった。先生が初めての男だったから、そういうものだと思っていた……」

反論したいという気持ちもある。最初はそうだったのかもしれないが、別れる前に主導権を握っていたのは、千鶴だった。

だが、本人がそう感じるのなら、そうなのだろう。

「それでもよかったのよ。わたしを先生の檻にずっと閉じ込めておいてくだされば。でも、先生は……。わたしに檻から出たいと思わせたのは、先生なのよ」

「……わかっている」

「それを今になって、また檻に閉じ込めようだなんて。虫がよすぎる」

「だから、きみを閉じ込めようなどとは思っていない」

「先生にそんな愛し方ができるの？」

「ああ、できると思う」

「歳をとったから？」

「たぶん……俺にはきみを支配するなんてこと、もうできないよ。だが、きみが必要なんだ。歳をとると、自分に何がいちばん大切なのかがわかってくる。きみを愛させてくれないか？」

千鶴はしばらく黙って何かを考えているようだったが、やがて、腰紐を解き、浴衣を肩からすべり落とした。

現れた裸身に、息を呑んだ。

品のいいほっそりした長い首と、柔らかな丸みを持つ肩。上の直線的な斜面を下側の充実したふくらみが押しあげた見事な乳房——。

当時より幾分肉がついて色香を増した裸身は、白絹のような肌をまとい、枕明かりに妖しく浮かびあがっている。

自分にまたがった女の艶やかな女体を神々しく感じた。

千鶴は浩市の両腕を引き抜くように浴衣を脱がし、手をつかんで頭上にあげ、ぐっと押さえつけてくる。

垂れ落ちた黒髪の間からのぞく大きな瞳が、ぎらっと光った。

「いいわ、愛させてあげる。でも、わたしたちはもうあの頃とは違う。今度はわたしが先生を檻に閉じ込める番だわ」

「……それでいい。俺をきみの檻に閉じ込めてくれ」

千鶴は前屈みになった。

「いいのよ、オッパイを吸って……そうしたいんでしょ？」

「ああ……千鶴のオッパイを呑みたい」

目の前に乳房がせまってきた。

当時より量感を増した乳房は、血管の色が透け出るほどたわわに張りつめ、セピア色の乳首が彼女の性格と同じように、誇らしげにせりだしていた。

浩市が含もうと口を開けても、巧みに回避し、まるでそれを愉しんでいるかのように乳首を鼻や頬に擦りつける。

「焦らさないでくれ」

「先生にされたことをやっているだけよ。あの頃、先生に随分と苛《いじ》められたわ」

「苛めたつもりはないよ。むしろ、支えたつもりだが……」

「そうね。ずっとそう思っていればいいわ。アーンして」

浩市が口を開くと、千鶴が乳房の中心をぐっと押しつけてきた。

浩市は両手を封じられていて、ままならない。柔らかくて分厚い肉層が口と鼻孔をふさぎ、その息苦しさのなかで、乳首にしゃぶりついた。

「あっ……！」

ビクッと震えて、千鶴はかすかな声をあげた。

浩市が口に含んだまま舌をつかうと、乳首が一気にしこってきて、千鶴は顔を斜めによじりながら、

「あっ……あっ」

と、低い声を洩らす。

「千鶴、腕を自由にしてくれないか？」

「……いやよ」

「どうして？」

「言ったでしょ。わたしが先生を苛めるの。赤ちゃんのようにオッパイを吸いなさい」

浩市は乳暈ごと頬張って、硬くなっているものを吸い込んだ。

「んっ……あっ……」

繊細な顎が突きあがった。

千鶴は乳房を預けながら、目を閉じて、唇を震わせている。昔から乳首が敏感で、乳首を攻めるだけで気を遣《や》った。

「ダメ」

千鶴は、腕で突き放して、

「赤ちゃんの吸い方じゃないわ。だから、ダメ。もう、お預け……ちょっと待って」

浩市の両腕を前に出させ、手首を合わせて、浴衣の腰紐でひとつにくくった。

「これでいいわ。腕をあげて……そう、そのまま動かしてはダメよ」

千鶴に命じられることが歓びだった。

浴衣が剝ぎ取られていく。

最近は太るよりむしろ瘦せてきて、貧弱な体になった。初老の醜い体を見られるのがいやだった。

千鶴はどう思っているのだろうか？　表情には出さずに、胸板に頰擦りしてくる。

「温泉に入ったのに、皮膚がかさかさだわ」

「しょうがないよ。もう、六十五だ」

「男の六十五なんて、まだまだこれからじゃない。あと二十年も生きなきゃいけないのよ」

「ああ……だから、千鶴が欲しい。必要なんだ」

「もう色恋は諦めて、枯れた紳士として生きていったら？」

「わかっているけど、諦められないんだ」

「相変わらず、我が儘で欲張りなのね。どうしようもない人……」

自分を見る目が柔らかくなったような気がした。

千鶴は胸板にちゅっ、ちゅっとキスをして、乳首を口に含み、舌で転がしながら見あげてくる。

「反応がないわ。感じないの？」

「ああ、あまり……」

以前は乳首を舐められれば、ぞくぞくした。だが、感覚器官が鈍くなっているのか、今ではこのくらいの刺激では体が反応しない。

千鶴が顔を脇腹に移した。

薄い皮膚をツーッと舐めあげられ、そのまま腋窩にキスされると、ぞくっとした戦慄が走った。

「ここは感じるのね」

「ああ……」

「恥ずかしい人……」

うれしそうに言って、千鶴はくんくんと鼻を鳴らして腋窩の匂いを嗅ぎ、そこに舌を這わせてくる。

薄くなった腋毛を薙《な》ぎ倒すように舐め、窪みに唾液をなすりつける。

くすぐったさと羞恥の混ざった不思議な感覚だった。そうか、女はこんなふうに感じるのか？　あの頃は、腋を舐めて、千鶴が羞恥に身をよじる姿を見るのが、歓びだった。

そのとき、腋毛を嚙まれて引っ張られた。とっさに肘をおろそうとすると、千鶴はその腕を頭上でぐっと押さえつけて、にらみつけてきた。

「ダメだって言ったでしょ」

「わかったよ。好きなようにしなさい」

千鶴は腋の下から腕を舐めあげてくる。二の腕の内側をなめらかな舌でツーッとなぞられて、思わず呻いていた。

「ぞくっとした？」

「ああ……」

そう答えると、千鶴はうれしそうだった。

肘から手へと舌を這わせ、ひとつにくくられた両手を自分のほうに引き寄せた。

チューリップの形に開いた手の、人差し指と中指をまとめて頰張り、まるでフェラチオでもするように唇をすべらせる。

吐き出して、その手を自分の乳房に持っていく。

浩市は濡れた指で乳首をいじった。

すると、千鶴は左右の乳房を真ん中に寄せたので、浩市は手首でくくられた手を開いて、二つの乳首を指先で強くなぞった。

痛ましいほどにしこった突起が弾かれ、揺れて、ますます硬くなり、る。

「あっ……んっ……あっ……」

千鶴は抑えきれない声をあげながらも、腰を揺すって、下腹部を擦りつけてくる。

僂げな繊毛の底が腰を振るたびに、ぬるぬるとした感触を伝えてくる。

(こんなに濡らして……)

浩市は手をおろしていき、手を開いて、上向けた右手で翳りの奥を撫で、左手で恥丘をいじる。

「ああ……いやらしい指だわ。いやらしい……ぁあぁぁぁ」

千鶴は気持ち良さそうに喘ぎながら、腰を振って、潤んだ溝を擦りつけてくる。

浩市が人差し指と中指を立てると、窮屈な壷のなかにすべり込んでいき、

「くっ……！」

千鶴が顔を撥ねあげた。

蕩けた肉路が波打ちながら、指を締めつけてくる。

千鶴が腰を振りながら、後ろ手に股間のイチモツをつかんだ。

だが、それはまだ挿入できる硬さには至っていない。

しばらく指でしごいていた千鶴は焦れたように身体を移動させ、真下から頬張ってきた。

上から亀頭冠まで口におさめ、根元をきつく擦りあげる。

だが――。

浩市の男のシンボルはいっこうに硬化する気配がない。それでも、皺袋をあやされ、根元まですっぽりと咥えられて、ようやく棒状になった。

千鶴がまたがってきた。それを導き、腰を沈めるものの、分身は女の体内をうがつことができない。

頬張ってはおさめようとする行為を何度も繰り返している千鶴に言った。

「ゴメン。ちょっと間を置こうか」

二人の間に気まずい空気が流れた。

3

二人は広縁のソファに座って、夜の海を眺めている。

雲がかかっているのだろう、星はひとつも見えず、海と空の境界線さえ定かではない。

そして、暗く沈んだ海の上を水平に移動していく光は、このホテルの近くの高台に建てられた城ヶ島灯台の明かりだ。この島には東西の突端に二台の灯台が設置されている。

水平線に沿ってすべり、ぼんやりと海面を浮かびあがらせる光の行方を追うと、右手に見える三崎港の水産関係のビルの側面を白々と照らし、スッと消えていく。十五秒ほど経過して、また、光の矢が戻ってきて、海面を平行移動し、そのときだけ空と海の境界線が見える。

灯台から一直線に伸びた光の束は見る者を幻想の世界へと連れていく。

浩市はふと思いついて、言った。

「灯台の明かりって、海と陸を結ぶ光の通路に見えないか？」

「わたしもそう思っていたわ。この光の廊下には何が棲んでいるのかしら？渡ってみたくなる」

「二人で渡ればいい。この廊下はどこに繋がっているんだろう？」

「天国と地獄の交わるところよ。でも、わたしたちは行けない」

千鶴が遠くを見た。

さっき、浩市と千鶴はひとつになれなかった。せっかくその気になった千鶴の期待に応えることができなかった。そのことが二人を迷路に閉じ込めている。

「いつも、ああなんですか?」

千鶴が海を眺めたまま訊いた。

「ああ……」

男のシンボルがままならない状態がつづいていた。だが、千鶴を相手にすれば復活できる、と密かに期待していた。

「もうきみを檻に閉じ込めることはできないと言った。こういうことなんだよ」

沈黙がつづいた。

窓から外に目をやる。

右手には三崎港の堤防が見える。

港を波から護るように左右から突き出した堤防の突端に白と赤のローソクに似た小さな灯台が二基あり、ほぼ同時に明かりを点滅させている。

気配がした。見ると、千鶴が浴衣を肩から脱いでいくところだった。

柔らかなシルエットを作る色白の肌がわずかな明かりに、淫靡に浮かびあがった。

一糸まとわぬ姿になった千鶴が、ソファに腰かけて、片足を肘掛けにかけた。

もう一方の足も外側に開く。

仄白い裸身のなかで、下腹部の漆黒の翳りだけが異彩を放っている。

千鶴が両手で胸のふくらみを揉みはじめた。うつむいているが、足だけは大きくひろげている。

片方の手が肌を撫でさすりながらおりていき、翳りの底をなぞりはじめた。

スッ、スッと指がそこを掃き、

「あっ……あっ……んっ、くっ……」

千鶴の顔が撥ねあがった。

眉を悩ましげにハの字に折り、唇を噛みしめている。その唇がほどけて、

「ぁあぁぁ……」

と、艶かしい声があふれでる。

人差し指と中指が翳りの底をまわすように揉み込み、もう一方の手が乳房を荒々しく揉みしだいている。

「来て……先生、来て」

千鶴がぼぅと霞のかかったような目を向けた。

浩市は魅入られるように近づいていき、千鶴の前にしゃがんだ。

Ｍ字に開かれた太腿の間で、女の亀裂がぬめぬめした光沢を放っていた。顔を寄せて、舌で狭間をなぞりあげると、陰唇がゆっくりとひろがっていき、

「ぁああうぅぅ……」

千鶴が感に堪えないという声をあげた。

十五年ぶりに目にする千鶴の秘部は美しく、だが、淫らに発達して、内部の赤みが誘うようにうごめいていた。

狭間に舌を走らせ、その勢いで肉芽をピンッと弾くと、

「くっ……！」

千鶴がびくんと震えた。

浩市は莢《さや》を剝き、あらわになった本体を舌であやす。唾液を塗りつけ、静かに舌を横揺れさせると、

「んっ……あっ……あっ……」

Ｍ字に開いた太腿がぶるぶると痙攣しはじめた。

あの頃、千鶴は陰核ではあまり昂《たかぶ》らなかった。だが、すでに十五年経っている。何人かの男が千鶴の肉体に痕跡を刻み付け、彼らによって千鶴の身体も変えられた。

嫉妬に似た激情がうねりあがってきて、それをぶつけるように陰核を攻めた。と、千鶴は肘掛けを両手で握りしめ、足指をこれ以上は無理というところまで反らせる。

洩れでる喘ぎがいつしか啜り泣くような哀切なものに変わり、下腹部がもっとせがむように突きあがってくる。

いったん顔をあげると、千鶴が両手を合わせて前に差し出してきた。

「先生、縛って。あの頃のように」

「……………」

そんなことをしたら、過去と変わらなくなってしまう。当時、浩市は千鶴の両手をくくって、後ろから挑むことが多かった。

「いいから、やって……」

見つめる目に強い意志を感じて、浴衣の腰紐を使って手首を巻き、ぎゅうと結んだ。

と、千鶴は椅子から降りて、浩市の前に正座し、やや腰を浮かせて、ひとつにくくられた両手で合掌するように肉茎を包み込んでくる。

あの頃と同じだった。かつての昂りがよみがえってきた。

（あれが用を足さなくなっても、俺はこの形でしか昂奮できないのか……）

千鶴は手のひらの間から顔をのぞかせた先端にちゅっ、ちゅと接吻する。

それから、舌を突き出して鈴口をあやし、合掌の形をした手のひらで摩擦しながら、じっと上目遣いに見あげてくる。

さらさらのボブヘアが顔の両側に枝垂れ落ちて、くっきりとした目が、感じる？　ねえ、感じる？　と訴えかけてくる。

「ああ、感じるよ。漲ってくる」

言うと、千鶴は目で微笑み、手のひらで肉棹を擦りながら、亀頭部を含んだ。

手と同じリズムで顔を打ち振るので、まるで、お辞儀を繰り返しているように見える。

浩市の体奥で眠っていたものが目を覚まそうとしていた。

波音が高くなった。

ふと外に視線をやると、まだ深夜だというのに、灯をつけた漁船が一隻、暗い水面をすべるようにして港を出ていく。

「んっ、んっ、んっ……」

いつの間にか、千鶴は口だけで頬張っていた。そして、浩市の分身は力強くいきりたっていた。

潮が満ちてきた——。

「お前のなかに入りたい」

言うと、千鶴が咥えたまま目でうなずいた。

浩市はふらつく千鶴を連れていき、布団に這わせた。

くびれた細腰から急峻な角度でせりだした尻は、当時と較べてずっと立派になり、それが、千鶴が過ごした十五年という年月の蓄積を物語っているように見えた。

ゆっくりと入っていく。

温かい。そして、濡れた粘膜がまったりと分身を包み込んでくる。

(ああ、ずっとこうしたかった。千鶴に包まれていたかった)

その感触を確かめるようにゆったりと腰を動かすと、

「んっ……んっ……あっ……」

千鶴はくくられた両手を前に置いて、うつむいたまま、くぐもった声を洩らす。

強く打ち込む必要などなかった。

熟れた果肉のように柔らかく、潤みきった粘膜がうごめき、ざわめきながら、分身にまとわりついてくる。

(波のようだ。波が押し寄せてくる)

遠くから聞こえる海鳴りの音に、千鶴の喘ぎ声が混ざった。

「ぁああ、ぁあああ……ぁああぁぁぁぁ」

徐々に大きくなる喘ぎが、浩市を熱狂へと誘う。

気づいたときには、激しく打ち据えていた。尻をつかみ寄せて、腰を突き出すと、破裂音がして、

「あん、あんっ、あんっ……あうぅぅ」

千鶴が前に伸ばした手指で、シーツをめくれるほどに鷲づかんだ。

4

息が切れて、浩市は布団に仰向けに転がった。

柔らかくなりかけた肉茎を千鶴は頬張って、またそれが強度を取り戻すと、またがってきた。あてがって静かに沈み込んでくる。

奥まで招き入れて、千鶴は腰をゆるやかに揺すりながら、上から見つめてきた。

「気持ちいいですか?」

「ああ、気持ちいいよ」

「勃ったのはひさしぶり?」

「ああ、ひさしぶりだ」

「うれしい?」

「ああ、うれしいよ」

「わたしが好き?」

「ああ、好きだよ」

「どのくらい?」

「どのくらいって……」

どう答えるべきか迷っていると、千鶴が激しく腰を振った。

「ぁあああ、おい、やめてくれ」

「どうして?」

「折れてしまうよ」

「先生のここなんか、ポキンと折れればいいんだわ」

物騒なことを言って、千鶴は前に屈んできた。ひとつにくくられた両手で浩市の顔を抱え込むようにして、唇を重ねてくる。唇を吸いたてながら、腰を微妙に揺する。

ペニスが根元から揺さぶられて、切っ先が奥のほうのふくらみを突いている。

そして、千鶴のよく動く舌が口腔を這いまわり、舌の裏側にまで忍び込んでくる。

あの頃、千鶴はこんなことはしなかった。

千鶴は女としての成熟期を迎え、浩市は人生の下り坂にさしかかって、二人の立場は逆転した。

だが、浩市もおそらくこれを求めていた。身を任せればいい——。

千鶴が顔をあげると、二人の間に唾液の糸が伸びた。

ふふっと口許をほころばせ、千鶴はまた上体を立て、くくられた手を胸のあたりに突いて、腰を上下に打ち振った。

ぷっくりと血管を浮かばせる老いた肉棹が、かろうじて勃ち、それを女の下の口が貪っている。

千鶴はしばらく縦に腰を振ってから、尻を落とし込んで、前後に擦りつけ、

「ぁあああ、ぁあぁ……おかしくなる。おかしい……あっ……」

力尽きたように前に突っ伏してきた。

じっとりと汗ばんだ肌を感じながら、浩市は背中と腰を引き寄せて、下から突

きあげた。

すぐに息が切れてきた。だが、下腹部の熱い塊はふくらみ、射精前に感じる疼きがせりあがってくる。

「んっ、んっ、んっ……ぁああ、ぁあうぅぅ……先生。好きよ、好き、好き……」

千鶴がひとつにくくられた手でしがみついてくる。

「俺もだ。俺もお前が……おおぉぉ」

遮二無二《しやにむに》、打ち込んだ。

心臓が血液を必死に送り出している。その鼓動がどんどん大きくなってきている。

「ぁあああ、イクわ。千鶴もイク……先生、ちょうだい！」

「千鶴、千鶴……！」

「あん、あん、あんっ……ぁあああ、イク、先生、イッちゃう」

「イケ……」

つづけざまに腰を突きあげたとき、千鶴が呻いて、のけぞりかえった。

「あっ……あっ……」

がくん、がくんと震える。

駄目押しとばかりにもうひと突きしたとき、浩市も絶頂に押しあげられた。

それは至福などと言う生やさしいものではなく、放出しながら死に近づいているような、凄絶な射精感だった。


広縁のソファに腰をおろした浩市の下半身にまとわりつくようにして、千鶴が足を崩して床に座っていた。

まだ夜明け前だというのに、空は青みがかかって、灰色の雲がたなびいていた。

灯台の光は薄く目立たなくなり、たるんだ皮膚のように表面にさざ波の皺を立てた海が、こちらに向かってきている。

「千鶴、また、はじめないか？」

髪を撫でながら訊くと、千鶴が顔をあげて言った。

「はじめてもいいわ」

浩市が喜んだのも束の間、千鶴が言った。

「でも、夫とは別れない……今度は、先生がわたしの愛人になる番だわ」

「そうか……俺がきみの愛人になるのか？」

千鶴がうなずいて、言葉をつづけた。

「彼のことをいろいろと聞かせてあげる。そして、先生は嫉妬に苦しむのよ。わたしを独り占めできない地獄を味わうの。わたしがそうであったように……」

千鶴は刺すような目で浩市を見て、一転して甘えたような仕種で、太腿に頬擦りしてくる。

それもいいだろう。自分は復讐を受けて当然のことをしている。

いや、むしろこの老いた体を奮い立たせるには、そのくらいの荒療治が必要なのかもしれない。

外に目をやると、青みがかった灰色の海の上を、二隻の漁船が走っていくのが見えた。

そして、漁船が向かう水平線が朱に染まりはじめていた。

明けない夜はないのだ。夜明けとともに海は静かに満ちてきている。

睦月

炬燵男

1

齢七十九を迎えた古田鴻一郎《ふるたこういちろう》は炬燵《こたつ》が好きで、朝から晩まで炬燵に入っている。生まれ育ったこの家が豪雪地帯にあり、年の半分近くは炬燵が活躍していることもあり、また、鴻一郎自身するべきことが何も見つからないからだった。

二年前に先立った女房のために、仏壇にお線香をあげることくらいしかすることがなく、それもやりすぎると、部屋が線香臭くなるからやめてくれ、と息子に言われるから、自然に炬燵で暖を取る機会が多くなる。

愛読している吉田兼好の『徒然草』ではないが、

――つれづれなるままに、日ぐらし炬燵に入りて、心にうつりゆくよしなしごとをそこはかとなく思い浮かべれば、あやしうこそ物狂ほしけれ――

そんな心境である。

窓から見える遠くの山々も、近くの木々も、庭の一角に設けられた白壁の蔵もすべてが眩しいほどの白一色に覆われている。

亡妻との愉しかった伊勢旅行のことなどをつれづれなるままに思い浮かべて、掘炬燵でうとうとしていると、

「まいったな。オヤジ、朝から動かないじゃないか」

眠っていると思ったのだろう、息子の喬司《たかし》の声が聞こえてきた。心配というより、むしろ迷惑なのである。

ダイニングキッチンに隣接して設けられた八畳の和室は一家団欒の中心になっており、居間の炬燵に居すわる老人は邪魔なのだ。

「いいじゃないですか……お義父さま、お元気だし。このくらい手のかからないお舅さんはいませんよ」

息子の嫁である淑乃《よしの》が助け船を出してくれる。

「だけど、最近のオヤジ、加齢臭っていうか、線香臭いだろ？」

「しませんよ。たとえしたって……誰でも老いるんだから。あなただって、いずれそうなるんですよ」

「お前、オヤジにやさしすぎないか？　この前も、着替えを手伝ったりしてただ

ろ？　オヤジだって男なんだから、勘違いさせるようなことはするなよ」
「妬いてるの？」
「そうじゃないけどさ……」
長座布団に胎児のように横たわっている鴻一郎に、
「風邪を引かないでくださいね」
と、淑乃が傍にあった膝掛けをかけてくれる。
その温かさが身に沁みる。ありがとう、淑乃さん。私の味方はあなただけだ
——。
二人が炬燵に入り、中学に通っている孫の香里《かおり》の帰りが遅くなるというような
ことを話しはじめた。
うちは、息子の喬司・四十三歳、その妻、淑乃・三十八歳とその娘である香
里・十四歳と自分の四人家族である。
孫の香里は今、友だちの家に遊びに出かけている。小さい頃は、孫がかわいく
て、随分と遊んでやったものだが、香里ももう中学生になったので、世話を焼こ
うとすると、逆に気持ち悪がられる。
（私の味方が、血の通っていない淑乃さんだけだっていうのが、不思議だよな）

鴻一郎は眠った振りをつづけながら、薄目を開けて、淑乃を見る。

（いつ見ても、いい女だ。私のオアシスは淑乃さんだけだ）

清楚なのにどこか男心をくすぐる儚さをたたえたその横顔を眺めているうちに、朝から呑みっぱなしのお酒が利いてきたのか、本物の睡魔がやってきて、スーッと意識が遠ざかった。


どのくらいの時間が経過したのだろう。

やけに熱い。目を開けると、周囲が真っ赤に燃えている。

（火事か……!?）

少し向こうに、ズボンを穿いた足が二本、スカートから突き出た女の足が二本、ぬっと伸びている。しかも、巨大である。

足元を見ると、スノコのようなものに立っていて、下から真っ赤に燃えたものが橙色の熱光線を照射していた。

（そうか、掘炬燵か！）

そうに違いない。

（じゃあ、私はどうなってしまったんだ？）

自分に目を向けると、とんでもなく小さく、しかも素っ裸である。

掘炬燵の深さとの比較からすれば、どうやら身長十センチほどに縮まってしまったようだ。これでは、一寸法師ならぬ三寸法師だ。

まるで、おとぎ話の世界である。

（ゲッ……何だ、これは？）

（ははん、そうか。夢を見ているんだな。うん、そうだ）

夢だとわかってしまえば、何が起こっていても不思議ではないし、怖くもない。夢というものは、危なくなったときには目が覚めるようにできている。

淑乃と喬司の話し声が聞こえるから、この足は淑乃と喬司のものだろう。炬燵のなかには、喬司の足の饐えた匂いも籠もっている。

夢にしてはリアルすぎるが、まあしかし、夢というのはたいていとんでもなく複雑怪奇なものだから、これも新種の夢に違いない。

見ると、淑乃の生足が赤外線に照射され、むっちりとした左右の太腿の奥が今にも覗けそうである。

家中暖房を利かせてあるせいか、淑乃は普段からパンストはつけておらず、穿いているのはソックスだけだ。

人というものは、隠れている部分では油断してしまうものらしい。あの清楚な淑乃が、時々、膝のあたりをぽりぽりと掻く。そして、人目のあるところでは絶対にしない角度で膝を開いていた。

赤外線に照らされた白い内腿が、まるで場末のストリップを見ているようで艶かしい。

むっちりと張りつめた内腿の距離が急速に縮まっているその隙間が、鴻一郎を否応なくかきたてる。

鴻一郎が立っているのはスノコで、この下にサーモ式電子コントロールヒーターが仕込まれている。

そのスノコの上で、背伸びしたり、ジャンプしたりしたが、もう少しのところで下着は見えない。

淑乃がうちに入って十五年経つが、彼女は慎み深く、股間を見たことはない。

(たとえ夢のなかであっても、見てみたい)

凹部の垂直に切り立つ壁を這いあがろうとしたが、のぼっては落っこちを繰り返し、無理だとわかった。

ええい、ならば——。

鴻一郎は向かって左側の淑乃の足を、ソックスに包まれた足の甲から、素肌の露出した向こう脛へと懸命に這いあがっていく。

と、炬燵布団がめくられて、淑乃が顔をのぞかせた。

鴻一郎があわててふくら脛の内側へとまわり込むと、

「どうしたんだ？」

と、喬司の声。

「さっきから、何かが足に触れているような気がして……」

淑乃が掘炬燵のなかを目でさがしている。

「言っておくけど、俺じゃないからな」

「わかっていますよ。何もいないわ……気のせいかしら」

会話が止んだので、鴻一郎はふたたび山のぼりならぬ、足のぼりを敢行する。

向こう脛がつるつるすべって、ずり落ちては這いあがってを繰り返す。

淑乃がまた覗いてきたので、とっさに裏側に身を隠す。

「やっぱり、いないわ」

「いるわけないだろ。おかしいぞ、お前」

「そうよね……」

いったん会話が中断した。

「オヤジ、よく眠ってるんだろ?」

「ええ……ぐっすりとお休みになっていらっしゃるわ」

「じゃあ、テレビ点けるぞ。小さい声なら起きないだろう」

テレビから低く絞ったニュースの音声が流れる。

(そうか……俺はぐっすり眠っているのか)

分身の術か? いずれにしろ、本体が眠ってくれているほうが、こちらも怪しまれずに済む。

鴻一郎は必死に向こう脛をのぼっていき、苦労して膝までたどりついた。

落ちないように太腿にしがみついて、内側を覗くと——。

コットンらしい藤色のパンティが大切な箇所を二等辺三角形に覆っている。

しかも、下のほうの座椅子に接するところには縦線がくっきりと刻まれ、凹んだ部分にはわずかにシミのようなものが浮き出ているのだ。

(淑乃さん、濡らしているのか?)

もっと近くで見たい。いや、実際に触ってみたい——。

八十路を迎えようとする老人でも、男は男である。

そして、まるで小人がガリバーを前にしたときのような妙な昂奮も覚えている。

鴻一郎はむっちりと肉の詰まった太腿の丘陵を慎重にすべり降りていく。

降りたところは、座椅子の座部であり、三十度ほどに開いた太腿の間のわずかな空間である。

と、何か甘酸っぱい匂いに包まれた。

（ああ、オマ×コの匂いだ）

熱気で蒸された淑乃自身が放つむんむんとしたなかにもどこかツンとくるあそこの匂いが、炬燵という密閉空間に籠もってしまっているのだろう。

もっと嗅ごうと顔を寄せると、チーズに似た馥郁《ふくいく》たる匂いが洗濯物の爽やかなフレグランスと混ざり合い、その官能的な匂いの微粒子を全身に浴びているだけで、鴻一郎は幸せな気分になる。

だが、人間は匂いを嗅ぐだけでは、物足りなくなるものらしい。

スカートの天蓋と左右の太腿が織りなす狭い空間で、藤色のパンティがよじれながらぴたっと女陰に貼りつき、布地越しでも、本体の複雑な形状がわかる。

息子の嫁の女陰をこんな間近で目にするのは、もちろん初めてである。

大陰唇の変色したふくらみがはみ出し、数本のやわやわしたはみ毛もある。

（これが淑乃さんのオマ×コか……）

たまらなくなって、ついつい右手でクロッチの縦皺を撫でていた。

手のひら自体が一センチあるかないかの小さなものだが、それでも、布地の湿り気とぐにゃりと沈み込む感触が明確に伝わってくる。

シミの滲む縦溝を強めにナデナデすると、いきなり太腿がせまってきて、鴻一郎をぎゅうと挟みつけてきた。

（ク、クルしい……！）

自分の体の何倍もある肉丸太で圧迫されて、息ができない。

（くそっ、もう少しだったのに、ここで討ち死にか——夢だったら、覚めてくれ）

祈った直後、二本の肉丸太が離れていった。

（助かった……）

しかし、これではこの先ほんとうに圧死しかねない。

（そうか！　いっそのこと内部に入り込んでしまえば、太腿の攻撃を受けることはない）

鴻一郎はコットンのパンティを横にずらしながら引きあげて、布地と肉土手の隙間に体をすべり込ませた。

湿っている。

そして、チーズを目の前に突きつけられたような濃厚な匂いで、頭がくらっときた。

押し寄せてくる伸縮性の強いクロッチを背中で押しあげながら、小陰唇の山脈を乗り越える。

と、そこはぬるっとした粘液にまみれていて、きゅうっとうごめいて、鴻一郎を粘膜の襞に取り込もうとする。

（ダメだ。吸い込まれては！）

貝肉質の粘膜を両手で突っぱねると、また、そこが蠕動して、鴻一郎はまるで怪獣と戦っているような錯覚さえおぼえるのだ。

苦しみながら目の前を見ると、笹舟形の女陰が息づき、そのほぼ頂点に皮をかぶった突起がある。

（ここが、クリちゃんだな）

鴻一郎は両手で皮をつかんだ。

渾身の力を込めると、つるっと莢が剝けて、珊瑚色の本体がぬっと現れ、

「あっ……！」

淑乃の喘ぎが聞こえた。

「おい、どうしたんだ？」

「ううん、何でもないわ」

夫婦の会話が聞こえる。敏感なクリトリスの皮を剝かれては、感じないわけがない。

妖しいほどの光沢を放つ陰核はおかめのような貌でせりだしている。

鴻一郎は露出した肉芽を舐めた。

小さな舌だが、それでも何かを感じるのだろう。

ビクッ、ビクッと淑乃の腰が前後に動き、ついには、ぎゅうと尻を引くようにして、太腿をよじりあわせる。

危なかった。

太腿の間にいたら、今頃完璧に圧死していただろう。

(うん、待てよ。咥えられるんじゃないか)

鴻一郎は目の前の剝き出しになったクリトリスの先を、口を開けて強引に咥え込んだ。

(うぷっ……クルしい！)

顎が外れそうだ。

女はいつもフェラチオでこんな苦しみを味わっていたのか？

鴻一郎はこれまで自分のペニスを丁寧に頬張ってくれた女たちに感謝したくなった。

そうだ、これは女への恩返しだ――。

両手を陰唇に突いて、顔をゆっくりと前後に打ち振る。弾力はあるが硬いクリトリスが口腔いっぱいに漲り、鴻一郎は自分が女になったような気がした。

炬燵のなかにも、淑乃のかすかな喘ぎが聞こえてきた。

「おい、どうした？」

「ゴメンなさい。ちょっとお腹が痛くて」

「おかしいな。同じ物食ってるんだけどな……胃腸薬、持ってきてやるよ。確か、二階の寝室だよな」

「ゴメンなさい」

喬司が炬燵を出た。やがて、階段をあがる足音が遠ざかっていく。

(よし、今だ。今がチャンス！)

鴻一郎は口のなかでどんどんふくらんでくる陰核を、猛烈な勢いでフェラチオした。

「あっ……あっ……くうぅぅ」

快感が増してきたのだろう、淑乃が座椅子を外して、仰向けに寝たのがわかった。

次の瞬間、淑乃の手がスカートのなかに潜り込んできた。

(こっちに来る!)

指での自慰行為を予想した鴻一郎は、陰毛のジャングルを這いあがって、ヴィーナスの肉丘に女陰を見おろす格好で腹這いに張りついた。

それでも、執念でクリットへのフェラチオはつづけている。

と、淑乃の手がパンティのなかにすべり込んできて、その中指が膣に差し込まれた。

喬司が戻ってくるまでに気を遣りたくて、気が急いているのだろう。日頃のお淑やかな淑乃からは考えられないほど性急に、いやらしく指を抜き差ししては、

「くっ……くっ……」

と声を押し殺している。

すぐ隣では、鴻一郎が寝ているのだが、もはや、義父の存在さえ気にならなくなっているようだ。

ネチッ、ネチッと粘着音が籠もり、ほっそりとした中指が膣を出入りし、上側のGスポットを押しながら擦っている。

すくいだされた蜜がたらっと会陰部にしたたり落ちている。

チーズ臭に何かもっと獣染みた匂いが混ざり、鼻孔から脳天にかけて突き抜けていく。

鴻一郎もオルガスムスに貢献しようと、勃起した肉芽を顎関節が軋むくらいに猛烈にフェラチオした。

「あっ……くっ……くっ……」

太腿がぶるぶる震えはじめた。

そして、中指に薬指が加わり、二本の指で抜き差ししながら、Gスポットを擦りあげている。

(よし、イカせてやる)

鴻一郎がさらに首の打ち振りを速めたとき、居間の引き戸が開く音がした。

2

「……淑乃？」

喬司が炬燵布団をめくりあげて、呆れたように言った。

「オ、オナニーしていたのか？」

「ゴメンなさい。わたし、何か身体がおかしくなって……ゴメンなさい。恥ずかしいわ」

「腹痛じゃなかったんだな。心配させやがって……罰だ。ここでやろうか」

喬司がまさかのことを言う。

「だって……お義父さまが……」

「ちょっと待ってろ」

喬司がおそらくもうひとりの鴻一郎の様子を見ているだろう間に、鴻一郎はあわててパンティから這い出て、向こう脛をすべり降りる。

「大丈夫だ。ぐっすり寝てるから……お前が声を出さなきゃわからないよ。早く！」

鴻一郎は父を父とも思わない息子の言葉に腹が立ってきた。だが、自分がしていることを考えると、息子を責めることはできない。

そのとき炬燵布団がめくられて、素っ裸の淑乃が凹部に入ってきた。

まさか炬燵に潜ってくるとは予想もしていなかった鴻一郎は、スノコの上に呆然として立ち尽くしていた。

「えっ……！」

三寸法師の鴻一郎を見つけて、淑乃の目が真ん丸になった。

それはそうだろう。まさか、掘炬燵のなかに、小人サイズで素っ裸の義父がいるなど、誰が想像できるだろうか？

「申し訳ない。黙っていてくれないか。この通りだ」

鴻一郎はスノコの上に正座して、ぺこぺこと頭をさげ、ついには、額を擦りつけて、土下座した。

淑乃は夢から覚めようとでもしているのか、自分の頬をぴしぴし叩いて、首を振っている。

四つん這いになり、下からの赤外線ヒーターを浴びた淑乃は、色白の肌を赤く染めて、メチャクチャに色っぽい。

「……じゃあ、さっき悪戯したのは、お義父さま？」

こっくりとうなずく。

「おい、淑乃。頼むよ」

喬司が炬燵に足を入れてくる。

下半身はすっぽんぽんである。淑乃にフェラチオさせたくて、炬燵に潜らせたのだろう。

淑乃は迷っている。いかに小人化しているとはいえ、義父が見ているのだから、とまどうのは当然だろう。

「頼むよ」

息子に再度せかされて、淑乃は「見ないでくださいね」と鴻一郎に向かって言い、炬燵の天板と畳の隙間から上体を乗り出して、息子のムスコをしゃぶりはじめた。

鴻一郎にはフェラチオシーンはよく見えない。だが、淑乃がそれを舐め、頬張っている気配は伝わってくる。

そして、愛おしい淑乃が、息子のイチモツをしゃぶるさまにひどく昂奮してしまった。

(私だって……)

鴻一郎はスノコの上を飛ぶように走り、尻のほうから女体に這いあがっていく。太腿をよじのぼり、尻から背中へと落ちないように気をつけて這い、さらに乳房の丸みへと伝い降りていく。

コツをつかんだのか、それとも、何か異変が起きたのか、体が吸盤のようになっていて、まるでヤモリのように肌に吸いつけるのだ。

下を向いた豊かなオッパイの頂上に、しこった乳首がせりだしている。

鴻一郎は乳暈に張りついて、乳首を舐めた。ぺろぺろと舌を這わせ、さらに足でしっかり体を支えて、乳首を両手でくりくりと転がしてやる。

鴻一郎にはそれがしっくりくるのだ。

しょせん男は、偉大なる女体の前では、矮小な存在に過ぎない。母なる乳房にしがみつき、ちゅうちゅうオッパイを吸わせてもらうのが男の宿命——。

いっそうしこってきた乳首を舐めていると、ジリッ、ジリッと腰が揺れた。

鴻一郎は乳首からぽんと飛びおりて、スノコを移動し、また太腿を這いあがる。

それから、ジャンプして陰毛に両手両足でしがみついた。

だが、この姿勢では両手両足が使えない。

見ると、やや上方に膣の入口があった。

わずかに赤い内部をのぞかせた膣口がうごめきながら、鴻一郎を誘っていた。

(よし、ここに潜ってしまえば)

鴻一郎は密林をよじのぼっていき、陰唇につかまって、H字型の肉穴に足のほうからすべり込んだ。

温かい。そして、ぬるぬるしている。

腰まで侵入した鴻一郎は、きゅい、きゅいっと吸い込まれそうになって、必死に両手を膣穴の周囲に突いて、吸引をふせいだ。

「んっ……んんんっ……んんっ」

感じてくれているのだろうか、淑乃は顔を打ち振ることができずに、ただただ肉棹を頬張っている。無論、見たわけではない。身体の微妙な動きでそれがわかるのだ。

(おおぅ、たまらん！)

胸まで埋まった体を、粘膜がうごめきながら締めつけてくる。まるで、ウエーブを起こしているみたいに蠕動している。そして、奥のほうが明らかに熱く、溶岩のように蕩けている。

だが、このままでは吸い込まれてしまう。

お気に入りの女の膣に呑み込まれて、そこで生を終えるのも悪くはない。いや、それこそが、男が母なる子宮に帰ることなのかもしれない。

しかし、鴻一郎にはまだ生への執着が残っていた。

這いあがろうと足で膣壁を蹴った。

ぬるっ、ぬるっ――。

膣壁は潤滑性が強く、伸縮性もある。必死にもがいていると、

「あっ……あっ……いい。それ、いいの……」

淑乃の声が聞こえる。

「何がいいんだよ？　俺は何もしていないけどな。なかに何かいるのか？」

喬司が布団をまくって、なかを覗き込む気配がする。

「いないよな。いるわけないもんな」

「何でもないの」

クチュッ、クチュ――。

また、淑乃が肉棹を頬張る音がして、鴻一郎も行為を再開した。

今度は腕立て伏せのようにして、体を上下にすべらせる抽送運動をしながら、足で膣壁をキックしたり、擦りつけたりする。

「んんっ……んんっ……ぐっ、ぐっ……」

淑乃のさしせまった声とともに、腰が前後に打ち振られる。どろどろに溶けた粘膜が波打ちながら、鴻一郎を締めつけてくる。

(イクのか……イクんだな。よし、イカせてやる)

鴻一郎はここぞとばかりに動いた。すべりが良くなった膣粘膜を全身で擦りあげてやると、

「くっ……!」

ビクビクッと全身が痙攣し、膣も激しい収縮と弛緩を繰り返した。

次の瞬間、鴻一郎は膣から押し出されて、スノコに落ちた。

鴻一郎の全身は淫蜜まみれで、赤外線の照射を受けて、ぬらぬらと光っている。

と、家の電話が鳴った。

喬司が受話器を取ったのだろう、

「ああ、わかった。迎えに行けばいいんだな。今すぐ?　もう少し後じゃダメなのか?　そうか、わかった。雪道だから時間がかかるぞ……ああ、わかった。切るぞ」

喬司が炬燵布団をめくって、淑乃に言った。

「悪いな……。香里が迎えにきてくれって言うんだ。雪で電車が完全に止まってるんだって。暗くなるとまずいから、今から行ってくるよ」

「わかりました。運転、気をつけてね」

「ああ……早く、服着ろよ」

喬司が部屋を出ていく気配がした。

しばらくして、車のエンジンがかかり、雪をミシミシと踏み鳴らして表の道路へ出ていく音がした。

3

掘炬燵のなかで、淑乃が首を傾げた。

「お義父さま、これどういう……？」

「私にもわからないんだ。たぶん一家で夢を見てるんじゃないかな」

「わたしも同じ夢を見てるってこと？」

「ああ、そう考えるしかないだろ」

会話を交わす間も、鴻一郎は全裸で掘炬燵に四つん這いになっている淑乃のしどけない姿に発情していた。

赤外線を浴びたもち肌が、びっしょりと汗をかいて、ぬらぬらと光っている。下を向いて豊かさが強調された乳房と、ツンとせりだした赤い乳首がとくにいやらしい。

「夢なら、何をしてもいいってこと？」

「ああ、まあ、たぶん……」

「それで、お義父さま、あんな悪戯を？」

「悪戯じゃないさ。本気だから。わたしもお返しをあなたにずっとこうしたかったんだ」

「ふふっ、じゃあ、わたしもお返しを」

淑乃は鴻一郎を握って、炬燵から上半身を乗り出した。

淑乃は腹這いになり、手のひらに乗った鴻一郎をしげしげと見て、

「ほんと精巧にできているわ。あらっ、お義父さまのオチンチン……すごいわ。すごくリアルで大きくなってる」

淑乃は瞳を輝かせて、人差し指で一センチ弱のペニスを確かめるように触った。

それから、赤い舌がぬっと伸びてくる。

右手でがっちりと固定された鴻一郎の顔面、胸、下半身を唾液まみれの肉片がぬるぬると這いまわる。

たちまち体が唾液で覆われ、甘美な匂いに包まれる。

(何という心地好さだ。このぬめりのなかで、老後を生きていきたい)

よく動く舌先で集中的にオチンチンを攻められると、射精前に感じるあの陶酔感が急速に押し寄せてきた。

「おおぅ、おおぅぅ……」

出る——。

射精したと感じたそのとき、鴻一郎はこれまでと視界が違っていることに気づいた。

4

天井の木目が見える。

周囲を見まわしても、いつもと変わらない。どうやら、元の体に戻ったようだ。

そして、驚いたことに、炬燵から上体を出した淑乃が、剝き出しになった下腹部の勃起を舐めてくれているのだ。

おそらく、さっきのつづきだ。

行為は継続していて、鴻一郎だけが三寸法師から身長百七十一センチの自分に戻ったのだろう。ということは……。

「淑乃さん」

声をかけると、淑乃が顔をあげた。

「炬燵でのことを覚えているか？」

「……ええ。恥ずかしいわ」

淑乃は黒髪をかきあげて艶かしくはにかんだ。

喬司の勃起を頬張りながら、鴻一郎に膣をかき混ぜられて気を遣ったことを思い出しているのだろう。

「だけど、淑乃さんは……その、さっきからのことを受け入れられるのか？　不自然だと思わないか？　あり得ないって」

「それが、自分でも不思議なんですが、あまり違和感がなくて……」

「違和感がないのか？」

「……ええ。ないんですよ」

淑乃が頬を染める。

もしかして、鴻一郎だけでなく淑乃も同じことを望んでいたのではないか？

義父に抱かれたいと密かに願っていたのではないか？

二人の共通する欲望が、さっきの白昼夢を見させたのではないか？

（そうだ。そうに違いない）

鴻一郎が得心してうんうんうなずいている間にも、淑乃が這いあがってきた。

両手を畳に突いて、鴻一郎に覆いかぶさるように乳房を差し出してくる。

「お義父さま、舐めて」

「いいのか？」

「ふふっ、さっきわたしの乳首を舐めてたでしょ？」

「ああ……」

「わたしのあそこに入ってキックしていたのは誰でした？」

「私だ」

「だから、遠慮なさらなくていいんですよ」

「そうか……」

鴻一郎は目の前の乳房にしゃぶりついた。

香里に授乳したはずなのに、丸々として形のいい乳房は、今もなお柔らかくぷわわんと張りつめていて、触れるだけで気持ちがいい。

（ああ、私はこうしたかったんだな）

乳呑み子のようにオッパイに貪りついていた。

しこっている乳首を吸ってみたが、もちろん母乳は出てこない。それでも、チューチュー吸っているだけで、幸せな気持ちになる。

(この人は菩薩だ。女であり母であり、すべてを受け入れてくれる)

だが、大のおとなが子供に帰れる時間などたかが知れている。鴻一郎はいつの間にか、ちろちろと舌を走らせていた。

「ぁああ、お義父さま……ダメ、それ……あんっ……」

淑乃の息づかいが乱れ、悩ましい喘ぎがこぼれでる。

カチカチになった乳首を舌で上下左右に撥ねて、乳暈を指できゅうと絞ると、

「ぁあぁぁ、ダメっ……お義父さま、それダメっ、ダメだって……あっ、あっ、はうぅぅぅぅ」

淑乃は胸のふくらみを押しつけながら、背中を弓なりに反らせる。それから、せがむように腰を上下に打ち振る。

これから本番という寸前に、喬司が娘を迎えに行ってしまったので、肉体の疼きがおさまりきっていないのだろう。

何がどうなったのかわからないが、とにかく今、自分は淑乃と情を交わしてい

る。

鴻一郎は左右の乳首を、鶯の谷渡りのごとく交互にしゃぶった。

「ぁああ、ぁあぁぁ……お義父さま、もう、もう……」

と、淑乃は喘ぐように言って、右手で肉棹を握りしめてくる。

このままでは、本番をしてしまいそうだ。鴻一郎は念のためにもう一度訊いた。

「あなたとこうしたいのをずっと抑えてきた。だけど、淑乃さんはいいのか？」

「……はい」

淑乃がこくんとうなずいて、潤んだ瞳を鴻一郎に向ける。

「そうか……よし、淑乃さんを……」

鴻一郎が上になろうとすると、それを淑乃が押し止めた。

「お義父さま、お疲れでしょう？　わたしが動きますから」

やさしい目で言って、淑乃は上体を起こした。

蹲踞《そんきょ》の姿勢になって、下を見ながら、肉棹を割れ目に擦りつけた。

ぬるっぬるっと狭間がすべり、

「ぁあああ、気持ちいい」

淑乃が悩ましく喘ぐ。

それから、ゆっくりと沈み込んでくる。

切っ先が入口を割ると、淑乃は手を離して、今度は一気に腰を落としてくる。

勃起が温かい肉路に嵌まり込んで、

「ぁあぁ、いい！」

淑乃が顔をのけぞらせた。

「おおぅぅ」

と、鴻一郎も唸っていた。

熱く滾る蜜壺がいきりたちを呑み込み、波打ちながら、きゅい、きゅいっと内側へ吸い込もうとする。

（ああ、これだった。これを忘れていた）

もう一生、味わうことがないと諦めていた性器結合を果たしている。しかも、相手は最愛の淑乃である。

もしかしてこれも夢で、目が覚めたら、すべてが泡沫のごとく消えてしまうのではないか、という危惧も少しある。

だが、そんなことはどうでもいい。今、この瞬間こそが永遠なのだ。命尽きるまであと何度女性を抱けるかわからないが、今、このセックスを大切にしたい。

「ぁああ、ぁあああ、いい……」

淑乃は上体を真っ直ぐに立てて、腰を前後に打ち振っている。

緊縮力抜群の肉路に揉み抜かれると、最近はセンズリしても射精できなかったのに、あの甘い疼きが急速にひろがってくる。

「おおぅ、淑乃、淑乃さん」

両手を伸ばして、乳房をぐいと鷲づかみにした。

片手には余るふくらみを揉みしだき、頂上の突起をくにくにとこねてやる。

「ぁああ、それ……ダメ。お義父さま、淑乃、へんになる。へんになっちゃう」

「いいんだぞ。へんになって」

「ぁああ、ぁああ……」

淑乃が低く、獣染みた声で喘ぎながら、もう止まらないというように腰を振り立てる。

「あっ……あっ……」

どっと前に倒れ込んできた。

鴻一郎に抱きつきながらも、腰はいまだに動きつづけている。

(よし、イカせてやる)

鴻一郎はがっちりと背中と腰を抱き寄せて、下から腰をしゃくりあげてやる。肉棹が斜め上方に向かって膣肉をうがち、擦りあげて、

「ぁああ、お義父さま。すごい、すごい、すごい……あんっ、あんっ、あんっ」

淑乃が嬌声をあげながら、しがみついてくる。

「いいか、いいのか？」

「はい……いいの、いいのよ」

鴻一郎は往時の自分を思い出していた。あの頃はこうやって、女たちをめった斬りにしたものだ。

どういうわけか、鴻一郎が抱いた女たちの顔が次から次と浮かんでくる。成人の記念にと筆おろしをしてくれた近所の人妻、就職した会社でセックスの何たるかを教えてくれた先輩ＯＬ、そして、今は亡き女房——。

この世でもっとも素晴らしいのは女だ。

女がいなければ、この世は乾ききった砂漠に過ぎない。

「あんっ、あんっ、あんっ……ぁああ、イク……お義父さま、イッちゃう」

淑乃のさしせまった声。

「いいんだぞ、イッて。私もイク……出すぞ。淑乃さんのなかに」

最後の力を振り絞って、ぐいっ、ぐいっと叩き込んだとき、

「あっ……あっ……イク、イキます……やぁあああぁぁぁ、くっ！」

淑乃の肢体がブルブルッと震え、膣が締めつけてきた。

「そうら！」

駄目押しとばかりに深いところへ届かせたとき、鴻一郎にも至福が訪れた。

精子が飛び出していく快感が下半身だけでなく、脳天にまで響きわたる。

ただ心地好いというだけでなく、全身が躍りあがるような熾烈な快感をともなっていた。

＊　　＊

平日の昼下がり、喬司は会社に出て、香里も中学に登校して、家にいるのは鴻一郎と淑乃だけだ。

鴻一郎はいつものように炬燵で横になり、淑乃も炬燵で暖を取って、ミカンを食べている。

「お義父さま、わたしのことは気になさらないで、お眠りになっていいんですよ」

そう言う淑乃の口調は、期待感でしっとりと濡れている。

口に出しこそしないが、二人には暗黙の了承があった。

「ああ、お休み……」

スーッと意識が遠くなり、鴻一郎は眠りの底へとすべり落ちていく。

目覚めたときは、掘炬燵のなかにいた。

いつものように身長十センチの小人と化している。そして、前を見ると、淑乃の生足があった。

鴻一郎は向こう脛から太腿にかけてよじのぼる。大きく開いた両太腿の間に降りたつと、目の前に巨大な女性器が息づいていた。

淑乃は最近はノーパンで、炬燵に入ってくる。

ぷっくりとした陰唇をつんつん突くと、淑乃の右手が伸びてきて、鴻一郎の全身をかるく握った。

鴻一郎は力を込めて、全身を硬直させる。

そして、淑乃は勃起と化した鴻一郎を膣へと招き入れるのだ。

鴻一郎は頭のほうから、体内へと潜り込んでいるので、膣奥の温かさや、とろとろの蜜にまみれた粘膜をつぶさに感じることができる。

抜き差しされて、鴻一郎が張形のように粘膜を行き来していると、

「ぁああ、いい……お義父さまがいるわ。わたしのなかにいるのよ……いい、気持ちいい」

淑乃の心底感じている声が聞こえる。

幸せだ。これが永遠につづけばいい——。

鴻一郎は子宮へとつづく肉の道に頭から突撃しながら、このまま余生を終えたいと強く思った。

◎本書に収録された作品はフィクションであり、文中に登場する個人名や団体名は実在のものとは一切関係ありません。

◎初出一覧

小樽の車夫――――「特選小説」二〇一四年六月号
紫陽花とかたつむり――「特選小説」二〇一五年八月号
白い着物の女―――「特選小説」二〇一四年九月号
無花果の女――――「特選小説」二〇一四年一月号
城ヶ島の恋――――「特選小説」二〇一五年一二月号
炬燵男―――――「特選小説」二〇一五年四月号

＊いずれも、本文庫収録あたり、加筆・修正を施した。

二見文庫

艶暦　つやごよみ

著者　霧原一輝《きりはらかずき》

発行所　株式会社 二見書房
東京都千代田区三崎町2-18-11
電話 03(3515)2311［営業］
03(3515)2313［編集］
振替 00170-4-2639

印刷　株式会社 堀内印刷所
製本　株式会社 村上製本所

落丁・乱丁本はお取り替えいたします。
定価は、カバーに表示してあります。

ISBN978-4-576-16052-8
http://www.futami.co.jp/

二見文庫の既刊本

人妻・奈津子 他人の指で…

KIRIHARA,Kazuki
霧原一輝

奈津子は、ＩＴ会社の社長の夫と一人息子との三人家族の主婦として暮らしていた。夫は、一年前から帰宅も減り、奈津子には冷たい態度だ。そんな中、警察に追われている男が侵入。無実を訴える男の姿とその野性味あふれるたたずまいに、日頃満たされていないこともあり、奈津子の心と体は揺らぐが——。書下し官能エンターテインメント！

二見文庫の既刊本

お色気PTA ママたちは肉食系

KIRIHARA,Kazuki
霧原一輝

赴任二年目の新任教師・崇士は、小学校のＰＴＡを二分する派閥争いに巻き込まれることに。清楚な美人妻・慶子派とワイルドな社長夫人・珠実派――各陣営のお色気たっぷりな母親たちからさまざまな形で誘惑され、ＰＴＡ行事の議決に圧力をかけられるが……。豊満な肉体が行間で躍りまくる書き下ろし官能エンターテインメント！